「アンタはただでさえ
肩に力を入れる癖があるんだから、
ちょっとくらい気を抜いた方がいいわよ。
そっちも今は夏休みなんでしょ？」
百合が背伸びして俺の髪に触ってきた。
文句を言ってやろうと百合の顔を見るが——
その表情は柔らかく微笑んでいた。

「はーーッ!!」
「えいっ」
都島成香
みやこじまなりか
見た目クール系、
中身泣き虫なお嬢様。
此花雛子
このはなひなこ
表向きは品行方正だが、
実は怠け者なお嬢様。
お嬢様たち海へ!!

「ですわっ！」
「やるわね」
天王寺美麗《てんのうじみれい》
雛子をライバル視するお嬢様。
平野百合《ひらのゆり》
伊月のお姉さんを自称する世話焼きな幼馴染。

「伊月にとって……思い入れのあるものなら」
雛子が手元の花火を見つめながら、呟く。
「私も……これが一番好き」

才女のお世話 4

高嶺の花だらけな名門校で、学院一のお嬢様（生活能力皆無）を陰ながらお世話することになりました

坂石遊 作

HJ文庫
1028

口絵・本文イラスト　みわべさくら

プロローグ 005
一章 ◆ 軽井沢とお嬢様たち 011
二章 ◆ 夏期講習のちっちゃい爆弾 035
三章 ◆ 幼馴染み調査隊 119
四章 ◆ 海とお嬢様と幼馴染み 161
五章 ◆ 十年間の勘違い 242
エピローグ 289

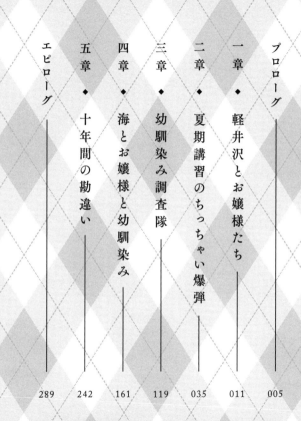

プロローグ

貴皇学院《きおうがくいん》は夏休みを迎《むか》えた。

普通《ふつう》の高校生にとって夏休みとは……何だろうか。お世辞にも普通の生活とは言えない日々を送ってきた俺《おれ》にとって、夏休みと聞いたらバイトを思い出した。この時期は特にイベント系のバイトが多く、炎天下《えんてんか》でお客さんの列を誘導《ゆうどう》する仕事を連日こなしていた。

多分、普通の高校生にとって夏休みとは、期待に胸躍《おど》らせる楽しい長期休暇《きゅうか》である。たとえば部活に集中したり、恋人《こいびと》との絆《きずな》を育《はぐく》んだり、そういう特別なことに時間を費《つい》やせる年一回の貴重な機会なんじゃないだろうか。

小学校から高校の一年生まで、ずっと一緒《いっしょ》だった幼馴染《おさななじ》み……百合《ゆり》はきっと、今年もそんな夏休みを過ごすのだろう。

百合と違《ちが》って俺は、例年通り今年も普通の夏休みは送れそうにない。

もっとも今年は、今までと同じ生活苦によるものではないのだが。

「伊月《いつき》さん、準備はいいですか？」

「すみません、もうちょっとだけ待ってください！」

ドアの外で待機している静音《しずね》さんに、俺は慌《あわ》てて返事をした。

スーツケースの中身をチェックする。着替《きが》えよし、勉強道具よし、雛子《ひなこ》の機嫌《きげん》を取るためのポテチよし。

ポテチの袋《ふくろ》がかさばっているせいでケースの蓋《ふた》がなかなか閉じなかった。現地調達した方がいいだろうか、そう思って一袋減らすことにする。

「準備できました！」

「では行きましょう。外で車が待機しています」

スーツケースを引いて、静音さんと一緒に屋敷《やしき》の外に出た。

照りつける陽光は暖かいを通《とお》り越《こ》して暑かった。けれどそのその眩《まぶ》しい光が、すっかり見慣れた此花《このはな》家別邸《べってぃ》の庭をいつも以上に色鮮《いろあざ》やかに演出しているような気もした。

夏休みらしい、過ごしにくいけど憎《にく》めない気温だ。

「おーーーそーーーーいーーーー……」

屋敷の入り口前に、清楚《せいそ》な白いワンピースに身を包んだ琥珀色《こはくいろ》の髪《かみ》の少女がいた。

此花雛子――俺がお世話している少女である。

総資産は凡《およ》そ三百兆円。この国に住む者ならば誰《だれ》もが知っている財閥系《ざいばつけい》――此花グループ。その令嬢《れいじょう》である彼女《かのじょ》は、今にも溶《と》けそうな様子で脱力《だつりょく》していた。

「悪い雛子。車の中で待っててもよかったんだぞ」

「無理、もう歩けない……抱《だ》っこしてぇ」

「抱っこは暑いだろ」

「じゃあ、おんぶ」

それならまあ、と俺は雛子を背負う。

しかしどのみちこの気温で密着するのは暑かった。

「……暑いぃ」

「下りるか？」

「…………我慢《がまん》する」

このまま運んだ方がいいらしい。

雛子の身体は軽かった。余裕《よゆう》で車まで運ぶことはできるが、両手が塞《ふさ》がっているのでスーツケースを引っ張れない。どうしようか悩《なや》んでいると静音さんが無言で運んでくれた。

静音さんに軽く頭を下げつつ、俺は雛子を車まで運ぶ。

車のドアが自動で開くと、涼《すず》しい風を感じた。冷房《れいぼう》が行き届いている。

すっかりバテてしまっている雛子を後部座席に詰《つ》め込《こ》んだ。

「ふぉぉ……生き返る……」

「雛子は夏が苦手か？」

「……冬も苦手」

過ごしやすい気温以外は駄目《だめ》みたいだ。

「では、出発しましょうか」

静音さんがそう言うと、車が動き出した。

雛子のお世話係に――由緒《ゆいしょ》正しい名門校・貴皇学院の生徒になった俺は、今年も特殊《とくしゅ》な夏休みを送ることになりそうだった。

貴皇学院の生徒たちにとって夏休みの使い道は様々である。将来、大企業《だいきぎょう》の跡《あと》を継《つ》いだり政界に進出したりする彼《かれ》らに、長い間、休んでいる暇《ひま》などない。この長期休暇を機に家業を手伝う者もいれば、いつか役立つコネを作るために世界各地へ足を運ぶ者もいる。

今回、俺たちは将来のことを考えて、普段《ふだん》よりハイレベルな勉強をするために夏期講習へ参加することになった。

「伊月……楽しそう？」

隣《となり》に座《すわ》る雛子が、小首を傾《かし》げる。

「まあ、ちょっとな」

表に出しているつもりはなかったが、あっさり見抜《みぬ》かれてしまった。
行き先は避暑地《ひしょち》の定番、軽井沢《かるいざわ》。
あくまで目的は勉強だが……俺はちょっとした旅行のような気分でワクワクしていた。

一章　◆　軽井沢とお嬢様たち

「え、同じホテルに泊《と》まるんですか？」

車で軽井沢に向かう途中《とちゅう》、俺は静音《しずね》さんに訊《き》き返した。

「そのつもりですが、何か問題でも？」

「いえ、てっきり雛子《ひなこ》たちは別荘《べっそう》とかを使うのかと……」

今回、俺はホテルに宿泊《しゅくはく》するのだと事前に伝えられていたが、雛子たちは他のところに泊まると思っていた。

なにせ軽井沢である。お金持ちと軽井沢の組み合わせは、どうしたって別荘という言葉を思《おも》い浮《う》かべてしまう。これはきっと俺だけじゃないだろう。

「当初はそのつもりだったのですが、お嬢様が……」

静音さんが雛子を一瞥《いちべつ》する。

既《すで》に眠《ねむ》たそうにしている雛子が、ゆっくり口を開いた。

「別荘……飽《あ》きた」

「とのことですので、ホテルを使うことにしました。お嬢様は私たちよりもグレードの高い部屋に泊まりますが、ホテル自体は同じになります」

別荘って飽きることがあるんだ……。

「ちなみに今回の夏期講習には、天王寺《てんのうじ》様や都島《みやこじま》様も参加するようです」

「そうなんですね」

元々、俺が夏期講習を知る切《き》っ掛《か》けになったのは成香《なりか》なので成香が参加することは知っていたが、天王寺さんも来るというのは初耳だった。

馴《な》染《じ》みのあるメンバーが揃《そろ》っていると知って、気分が和《やわ》らいだ。

思ったよりも賑《にぎ》やかな夏期講習になりそうだ。

「雛子は去年も夏期講習に参加していたんですか？」

「いえ、軽井沢に来たことは何度もありますが、夏期講習に参加するのは初めてです」

静音さんは前を見ながら答える。

「この夏期講習は貴皇学院《きおうがくいん》が主催《しゅさい》するだけあって、ハイレベルな教育を受けられる良いイベントですが、お嬢様の場合は演技の疲労《ひろう》もあるので屋敷で勉強していました。……ですが最近のお嬢様は調子がいいので、この分なら参加してもいいと華厳《かげん》様がお許しになられたのです。ホテルに宿泊できるのも、そのおかげですね」

「そういえば雛子、最近は熱が出ていませんね」

「医者も驚《おどろ》いていましたよ。心因性の発熱とはいえ、ここまで急に調子がよくなるのは珍《めずら》しいケースだとか。……いい心の拠《よ》り所《どころ》を見つけた証拠《しょうこ》だそうです」

雛子の方を一瞥すると、既に船を漕《こ》いでいた。冷房がきいて心地《ここち》よい気温になったから気が抜《ぬ》けたのだろう。

「んぃ……伊月《いつき》と旅行……んへへ……」

雛子はだらしなく涎《よだれ》を垂らしながら、寝言《ねごと》を口にしていた。

雛子の頭を軽く撫《な》でる。

俺はちゃんと、雛子の拠り所になれているのだろうか。

実感は湧《わ》きにくいが、別に湧かなくてもいいのかもしれない。

実感があろうとなかろうと、俺は精一杯《せいいっぱい》、雛子のために頑張《がんば》るだけだ。

「今更《いまさら》ですが伊月さん、夏期講習についてご提案ありがとうございます」

「いえ、俺も成香と話している時に偶々《たまたま》聞いただけですから」

今回の夏期講習への参加は、俺が提案した。正確には成香の母親から夏期講習の存在を聞いて、軽く話題に出してみただけだが、それが切っ掛けとなって雛子たちも参加することになったのだ。

俺の発言が切っ掛けとなって皆《みな》で遠出していることを考えると、なんだか自分も此花家《このはなけ》の一員になったような気がして嬉《うれ》しくなった。まあ、そんな自惚《うぬぼ》れた発言、心の中では思ってても表には出さないが。

その時、スマホが短く震動《しんどう》した。

メッセージが届いたようだ。

大正克也《たいしょうかつや》：いぇーい！　山だぜーーー！

大正が、緑豊かな山の写真を載《の》せていた。

自撮《じど》りしたのだろう。大正の楽しそうな笑顔《えがお》が映っている。

すぐに二通目のメッセージも来た。

大正克也：今、うちの社員旅行に同伴《どうはん》して登山してんだ！　めっちゃ楽しいぜ！

そりゃよかった。

楽しそうで羨《うらや》ましいです、と返信しておく。

送信すると同時に、また別の人物からメッセージが届いた。

旭可憐《あさひかれん》：いぇーい！　海だよーーー!!

旭さんがキラキラと輝《かがや》く海の写真を載せていた。

……あの二人、本当に気が合うな。

示し合わせたかのようなタイミングに、つい笑ってしまう。

なんて思っていると、旭さんから二通目のメッセージが来た。

旭可憐：見てこの水着！　ちょっとセクシーでいい感じじゃない？

「ぶっ!?」

思わず画面から目を逸《そ》らす。

一瞬《いっしゅん》しか見ていないが瞼《まぶた》の裏に焼き付いてしまった。……水色のビキニを着けた旭さんが、水着の肩紐《かたひも》を軽くズラして蠱惑的《こわくてき》な笑《え》みを浮かべている自撮りだった。

あの人は、本当に無防備というかなんと言うか……。

「どうしました？　伊月さん」

「い、いえ、何も……」

不思議そうにする静音さんに、俺はなんとか誤魔化《ごまか》そうとする。

「伊月……水着の女の子を見て、嬉しそうだった」

「雛子っ⁉」

先程《さきほど》まで寝《ね》ていたはずの雛子が、真《ま》っ直《す》ぐこちらを睨《にら》んでいた。

なんてタイミングで起きるんだ……。

「……伊月さんも男性ですので、そういうものが好きなことは理解していますが、時と場所くらい選んだらどうですか？」

「違います！　友人からですよ！」

今のは俺にとっても不意打ちだったのだ。どうか責めないでほしい。

「毎晩、私の水着見てるくせに……」

「ちょっ」

事実ではあるが、かなり危《あや》うい発言なので顔が引《ひ》き攣《つ》った。

車が一瞬《いっしゅんゆ》揺れる。運転手の激しい動揺《どうよう》が伝わってきた。

「……一枚だけなら、いいよ」

「え？」

「今度……写真、撮《と》らせてあげる」

微《かす》かに頬《ほお》を赤らめて、雛子が言った。

その瞬間《しゅんかん》、理性よりも本能が勝った。どんなポーズで撮ろうか……頭の中で次々と想像が膨《ふく》らんでしまう。

激しく頭を振《ふ》って邪念《じゃねん》を払《はら》う。

危なかった……。

「伊月さん。分かってると思いますが……」

「は、はい。大丈夫《だいじょうぶ》です。分かってます」

流石《さすが》にそんなことしませんので、ご安心を……。

とにかく、大正と旭さんもそれぞれ夏休みを楽しんでいるようで何よりだ。でも旭さんには後で注意を促《うなが》しておこう。

「しかし、海か……」

旭さんに「いい感じですね」と適当なメッセージを送った俺は、話題を変えるためにも小さな声で呟《つぶや》いた。

「伊月……海、行きたいの？」

「いや、最近行ってないなと思っただけで……」

嘘《うそ》だ。本音を言うと行ってみたいとは思っている。

そんな俺の気持ちを見透《みす》かしてか、雛子は少し考える素振《そぶ》りを見せ、

「静音……海、行ける？」

「海ですか。今年は華厳様がお客様をプライベートビーチに招くと仰《おつしや》っていましたので少し難しいかもしれませんね」

流石、此花グループ。プライベートビーチも持っているらしい。

「一般《いっぱん》の海水浴場でしたら、軽井沢からでも行くことは可能ですが……お嬢様、確か海は暑いから苦手ではありませんでしたか？」

出発前の様子を考えると、確かに苦手そうだ。しかし、

「伊月と一緒なら……行きたい」

「承知いたしました。では検討してみます」

静音さんは最近、雛子のこういう発言に慣れてきたのか、すぐに返事をした。

が、俺はまだ慣れていない。

相変わらず可愛《かわい》いことを言ってくれる……。

思いかけず訪《おとず》れた動揺を、俺は視線を逸らすことで誤魔化した。

◆

駐車場《ちゅうしゃじょう》に車が停《と》まる。

この後はまずホテルのフロントで受付をする予定だが……その前に、俺にはやらなければならないことがあった。

しばらくホテルのフロント前で待っていると、黒塗《くろぬ》りの車が停まる。

その中から、雛子と静音さんが現れた。

「や、やあ、此花さんじゃないですか」

「あら、友成《ともなり》君。奇遇《きぐう》ですね」

「そうですね。その……よければ一緒に行動しますか？」

「はい、是非《ぜひ》」

お嬢様モードになった雛子が「うふふ」と上品に微笑《ほほえ》む。

通学する時と同じだ。俺と雛子が同じ屋敷に住んでいることは絶対にバレてはならないので、俺たちは道中で別々の車に乗り、このフロントで合流することにした。これで傍《はた》から見れば、偶々このホテルで顔を合わせたことになるだろう。

白々しいな、これ……。

胸中に渦巻《うずま》く複雑な感情を押《お》し殺す。

車から降りた俺たちの前方には、山肌《やまはだ》に沿って建てられたクラシカルで落ち着いた雰囲《ふんい》気《き》のホテルが広がっていた。

「おお……広い」

「軽井沢のホテルはどこも景観を崩《くず》さないよう配慮《はいりょ》していますし、コンセプトも色々あって面白《おもしろ》いですよ。……偶《たま》には別荘以外を利用するのもいいですね」

言われてみれば道中、背の高いビルを見なかった気がする。

高級ホテルと聞くと都心にあるようなビルを思い浮かべてしまうが、軽井沢のホテルはどこも自然との調和を意識しており、古めかしくも赴《おもむ》きのある外観をしていた。古めかしいと言っても内装はとても綺麗《きれい》で、普段《ふだん》俺《おれ》たちが過ごしている此花家の屋敷に勝るとも劣《おと》らない。フロントには、精緻《せいち》な模様が刻まれたアンティーク家具が置かれている。

「少々こちらでお待ちください。手続きしてきます」

静音さんがカウンターの方へ向かう。

手続きを待っている間、俺たちは好奇《こうき》の目にさらされた。

「見て、此花さんよ」

「このホテルに泊まるということは、今年は夏期講習に参加するのかしら……？」

貴皇学院が主催する夏期講習なだけあって、学院からの参加者は多いようだ。今まで参加していなかった雛子がいることで、注目を集めている。

「お待たせしました」

静音さんが帰ってきた。

その手には二つのカードキーがある。

「こちらのホテルには客室のグレードが三つありまして、それぞれ立地が異なります。ここ本館が一つ星、少し坂道を上ったところにある建物が二つ星、そしてその更《さら》に上にある建物が三つ星だそうです。お嬢様と私は三つ星、伊月さんは二つ星に泊まります」

「二つ星？　一つ星じゃないんですか？」

静音さんはメイドとして雛子の傍《そば》で待機するのだろう。カードキーが二つしかないことから、雛子と静音さんは同じ部屋で過ごすらしい。

人の目がある以上、俺は雛子と同じ部屋で過ごせない。となれば、一番安い部屋に泊まると思っていたわけだが……。

「お世話係は、できるだけお嬢様と近い部屋の方がいいでしょう」

それは確かに。

立地の都合上、俺は予想よりワンランク上の部屋へ泊まることになった。

「お気づきの通り、このホテルには貴皇学院の学生も何人か宿泊しているようです。私たち離《はな》れたとしても、粗相《そそう》のないようにしてください」

「分かりました」

「……まあ、最近はもう信用しているので、大丈夫だと思いますけどね」

その信頼《しんらい》は素直《すなお》に嬉しい。

実際、俺もその手の緊張《きんちょう》は少なかった。お世話係として此花家の屋敷で暮らし始めてそろそろ四ヶ月。貴皇学院での日々や社交界に出た経験が、着実に自信を形作っている。

「では伊月さん、荷物を置いた後、再びこちらのフロントで集合しましょう。夏期講習の会場で受付を済ませなくてはなりませんので」

「はい」

緩《ゆる》やかな坂道をしばらく上り続けると、分かれ道に直面する。

「伊月……後で、そっちの部屋にも遊びに行くから」

「ああ」

部屋が分かれているんだし、知人・友人の部屋へ遊びに行くのは別に誰が見ても不自然ではないだろう。

頷《うなず》くと、雛子は微かに目を丸くした。

「雛子？」

「こういうの……初めてだから、ちょっと楽しい」

演技中は見ることが叶《かな》わない、ふにゃふにゃした笑みを浮かべて雛子は踵《きびす》を返した。

丘《おか》の上にある三つ星の部屋へ向かう雛子の背中を見届ける。

思えば、雛子は今まで窮《きゅう》屈《くつ》な日々を送ってきた。静音さんも、雛子の体調が落ち着いているからこそ夏期講習への参加が許可されたと言っていたし、多分今までの長期休暇は屋敷でゆっくりしているだけだったんじゃないだろうか。

仲のいい友達との旅行。雛子は今回の夏期講習を、そんなふうに思っているようだ。

「……俺も、楽しむか」

勉強も勿論《もちろん》頑張《がんば》るとして、折角《せっかく》の軽井沢だし雛子と一緒に楽しもう。

俺も旅行の経験なんて殆《ほとん》どないのだ。雛子の気持ちはよく分かる。

（……ん？）

その時、ふと何処《どこ》かから視線を感じた。

振り返るが、似たような宿泊客《しゅくはくきゃく》が数人いるくらいで視線の正体は分からない。

気のせいか。そう思い、部屋へ入った。

「うわ……めちゃくちゃいい部屋だ」

大理石が敷《し》き詰められた玄関《げんかん》で靴《くつ》を脱《ぬ》いだ俺は、足元にあったスリッパに履《は》き替《か》え、柔《やわ》らかい絨毯《じゅうたん》の上を歩いた。ベッドルームとリビングが一体となっているため間取り自体はよくあるパターンだが、とにかく広い。それにビジネスホテルにありがちなシンプルな家具と違って、この部屋にある家具はいずれも凝《こ》った装飾《そうしょく》のある一級品だった。

テラスの先には青々とした山道が続いている。人の手が入っていない手つかずの大自然というよりは、多少手入れがされている上品な風景だった。居心地《いごこち》のよい清潔さ、自然との調和、それぞれが両立した雰囲気になっている。

少なくとも俺が普段過ごしている部屋とは比べ物にならないほど品がある。

だが、しかし――俺は素直に感動できずにいた。

（雛子の部屋よりは……………狭《せま》いな）

我ながらだいぶ毒されてしまった。

広さだけなら多分雛子の部屋の方が広いし、家具も恐《おそ》らく此花家の屋敷にあるものと比べたら数段安いだろう。

勿論《もちろん》、俺にとっては十分過ぎるくらい豪華《ごうか》な部屋だが、こういう光景を見ても眉《まゆ》一つ動かさないお嬢様たちの気持ちも少し分かってしまった。悲しむべきなのか、それとも喜ぶべきなのか、俺には分からない。

一先《ひとま》ずスーツケースの中から貴重品だけを取り出し、部屋を出る。

靴を履き直し、フロントに戻《もど》ると――。

「あら、友成さん？」

「伊月⁉」

聞き覚えのある声が響《ひび》いた。

金髪《きんぱつ》縦ロールの少女と、結《ゆ》った黒髪《くろかみ》を太腿《ふともも》まで伸《の》ばした少女がそこにいる。

天王寺さんと成香だ。

「二人ともこのホテルだったんですか？」

「ええ。わたくしの別荘からだと夏期講習の会場まではアクセスが悪いですし、それにここは評判のいいホテルですから」

「わ、私も似たような理由だな」

このお嬢様がたにとっては、別荘があるのは前提のようだ。

二人とも、学院にいる時とはまるで違う夏らしい装《よそお》いをしている。

天王寺さんは、オフショルダーの青い半袖《はんそで》ブラウスに、白いスカート。

成香は襟《えり》のついたノースリーブの白シャツに、グリーンのショートパンツ。シャツはパンツにインしており、長くて健康的な脚《あし》が目立っている。

改めて見ると、本当に容姿《ようし》端麗《たんれい》である。新鮮《しんせん》な服装を見たからか、俺は貴皇学院に入学したばかりの頃《ころ》の、二人の姿に見惚《みと》れた時の気分を思い出した。

「貴方《あなた》がいるということは、此花雛子もこのホテルにいるのですね？」

「はい」

肯定《こうてい》すると、天王寺さんは不敵な笑みを浮かべた。

「夏期講習の最終日には試験がありますの。……ふふふ、学院の試験では決着がつきませんでしたが、今度こそ白黒つけてあげますわ、此花雛子……っ！」

天王寺さんの瞳《ひとみ》がギラギラと燃えていた。

「わ、私も、いい点数を取らなければ母上に怒《おこ》られるから頑張るぞ……！」

成香は成香で必死のようだ。

俺はどちらかと言えば成香と似たような気持ちである。

「お待たせしました、伊月様」

適当に雑談していると、静音さんと雛子がやって来た。

「来ましたわね、此花雛子！」

「こ、此花さん。久しぶり、だな」

雛子のことをライバル視している天王寺さんと、テニスの練習に付き合ったことを切っ掛けに雛子のことを友人として見るようになった成香。二人の態度は対照的だった。まだ成香の方は緊張が取れない様子だが、逆にいつも通りなので気まずくはない。

「お二人とも、夏期講習の間はよろしくお願いします」

雛子が柔らかく頭を下げた。

お嬢様モードに入った雛子の演技は、相変わらず凄《すさ》まじい。柔らかな花弁が静かに開くかのような美しいお辞儀《じぎ》に、見物人たちの息を呑《の》む気配が伝わってくる。

唯一《ゆいいつ》、そんな雛子の麗《うるわ》しい所作に対抗《たいこう》できる天王寺さんは、一瞬でも見惚れてしまった自分を責めるかのように「ふん」と声を零《こぼ》し、その視線を静音さんの方へ移した。

「貴女《あなた》は確か、此花家のメイド長でしたわね」

「鶴見《つるみ》静音と申します」

静音さんは名乗った後、天王寺さんに向かって深く頭を下げた。

「い、伊月様の件では、大変お世話になりました」

「こちらの台詞《せりふ》ですわ。此花家はいいメイドを雇《やと》っていますわね」

短い二人のやり取りに、成香は小首を傾げた。

しかし俺には意味が理解できた。……天王寺さんが俺の正体を知った時、その責任は自分にあると電話で伝えてくれたことがあったのだ。その際、天王寺さんは敢《あ》えて此花グループの会長である華厳さんではなく、静音さんに連絡《れんらく》を入れ、上手《うま》く交渉《こうしょう》してくれたらしい。結果的に俺は天王寺さんに庇《かば》われる形で、お世話係をクビにならずに済んだ。

俺にとってはどちらも恩人である。

二人には頭が上がらない。

「私たちはこれから会場へ向かう予定ですが、よろしければご一緒に行かれますか？」

「ええ、折角なのでそうしますわ。都島さんもどうですの？」

「あ、ああ！　私も一緒に行くぞ！」

皆でホテルを出て、夏期講習の会場へ向かう。

その途中――――。

「……？」

俺は足を止め、振り返った。

「伊月、どうかしたのか？」

「いや……ちょっと、視線を感じて」

首を傾げる成香に返事をしつつ、俺は周囲を見回した。

見知った人はいない。……やっぱり気のせいだろうか？

まあ、これだけ容姿端麗なお嬢様たちと一緒に行動しているのだ。

視線が集まるのも無理はないか。

◆

夏期講習の会場はホテルから歩いて十分のところにあった。

建物は大きなコテージのような外観だったが、中は会議室のように長机が幾《いく》つも並んでいる。集中しやすい環境《かんきょう》だ。

受付に到着《とうちゃく》を伝えると、時間割の記された書類を渡《わた》された。

教科書は最初の授業で配布されるらしい。なら本日の用事はこれで終わりだ。

「では戻りましょうか」

静音さんが踵を返し、俺たちもついて行く。

会場から去ろうとした俺たちに、無数の視線が注がれていた。

（そうか。夏期講習には他の高校からも参加者がいるから……）

この夏期講習は貴皇学院が主催しているわけだが、参加者は貴皇学院の生徒に限定していない。国内有数の進学校の生徒たちも多数参加しているようだ。

だから、いつにも増して雛子が目立つ。

上流階級の子女が集う貴皇学院ですら雛子は目立っているのだ。一般人《いっぱんじん》なら十人中十人が振り向くほどの存在感である。

その視界には、雛子の隣にいる俺も入っているのだろう。

緊張を顔に出さないよう努めた。

……正直今回に関しては、メイド服の静音さんもそこそこ目立っている。

「夏期講習は明日からです。今日はそれまで自由行動にしましょう」

静音さんが俺と雛子に向かって言う。

俺たちはこの後の予定がない。

どうするか、皆の顔を見ると……、

「わたくし、今日は家族と予定がありますのでこれで失礼しますわ」

「私も実はこの後、父の取引先に同行する予定がある。……皆で一緒に行動できるのは明日からだな」

天王寺さんと成香にはこの後の予定があったようだ。

「では二人とも、また明日」

「ええ」

二人に向かって言うと、天王寺さんが頷いてから、雛子の方を見た。

「此花雛子、今回の試験こそわたくしが勝ちますわっ！」

天王寺さんに人差し指を向けられた雛子は、柔和《にゅうわ》な笑みで「お手柔《てやわ》らかに」と返した。

立ち去る二人を見届ける。

「さて、私たちはどうしましょうか」

静音さんが訊く。

俺《おれ》は特に何も考えていなかった。もう昼を過ぎているし、明日から夏期講習が始まることを考えると体力は使いたくない。

雛子は何かしたいことがあるか、その顔を見つめて訊こうとすると、

「……伊月に、任せる」

「え、俺？」

雛子は首を縦に振った。

軽井沢の楽しみ方なんて俺は全く知らないが……雛子は今回の旅行を楽しみにしているようだった。

それなら多分、一緒《いっしょ》にのんびり歩くだけでも楽しんでくれるんじゃないだろうか。

「じゃあ、適当にこの辺りを散歩してみるか？」

「んっ」

再び雛子はコクリと頷いた。

表情が柔らかくなっている。よかった、乗り気のようだ。

「その前に伊月さん、上着を一枚着た方がいいと思いますよ。軽井沢は涼しいので、日が暮れるとその服装では肌寒《はださむ》くなるかと」

「そうですね……ちょっと部屋まで取ってきます」

避暑地の名は伊達《だて》ではないということか。

しかし服装と言えば、静音さんはここでもメイド服である。逆に静音さんは暑くないのかと訊きたかったが、その涼しげな顔を見る限り問題なさそうだ。

雛子たちを待たせるのも申し訳ないので、早足で部屋へ戻る。

その時――。

「……む」

また視線を感じる。

気のせい、気のせいと思い込んでいたが……どうも違《ちが》うようだ。

第六感が訴《うった》える。視線の主は今、俺の背後にいた。

こんな高級ホテルに、ひったくりのような軽犯罪に走る心の荒《すさ》んだ者はいないだろう。

一歩一歩と近づいてくるその人物の顔を今度こそ確認《かくにん》するために、俺は足音を頼《たよ》りにギリギリまで音の主を引き付けて、勢いよく振り返った。
しかしその直前――。

「だーれだ？」


視界が真っ暗になる。

小さな掌《てのひら》で両目が隠《かく》された。

耳に入ったその声から、俺はある少女の顔を思い浮かべる。

「百《ゆ》、合《り》……？」

ぶわり、と全身から冷《ひ》や汗《あせ》が出た。

頼《たの》む、どうか違ってくれ。

そう思ったがそれは有り得ないことだった。

何故《なぜ》なら俺が、その声を聞き間違《まちが》えることはない。

幼い頃から今に至るまで、凡《およ》そ十年間ずっと隣で聞いてきたその声を――。

「――久しぶりね、伊月？」

両目を隠していた掌が離れる。
振り返った先には——俺の幼馴染《おさななじ》みである少女が立っていた。

二章 ◆ 夏期講習のちっちゃい爆弾

目の前にいる少女の姿を、忘れたことは一度もない。

ダークブラウンのサラサラした髪《かみ》は肩甲骨《けんこうこつ》の辺りまで伸ばしている。身長は……低い。同世代の中でもかなり低い方で、小学校や中学校で背の順に並ぶ時はいつも先頭だった。

彼女《かのじょ》のことは全部覚えている。

小学生の時も、中学生の時も、高校生の時も、ずっと一緒に過ごしてきた。凡そ十年の付き合いになる幼馴染み。

そんな彼女が何故《なぜ》、このホテルにいるのかと問うと――――。

「な、なるほど、このホテルでバイトを……」

「そ。高一の時もやってたでしょ、リゾートバイト」

腰《こし》に手をあてながら、少女は言った。

なるほど、だから給仕《きゅうじ》用の服を着ているのか。

上は長袖《ながそで》の白いシャツで、夏場だから腕《うで》を捲《まく》っている。下は黒いスカートに、落ち着いた紅色のギャルソンエプロンが被《かぶ》さっていた。

クラシカルでありながらも仄《ほの》かに華《はな》やかさを感じられる服装だが、俺が知っているこの少女はもっと動きやすい服装を好んでいたはずだ。バイト時の服装なら納得《なっとく》である。

「で、でも、よくこんなところで働けたな」

「去年働いていたホテルで私の頑張りを認めてくれた人がいて、その人にもっといい働き先を紹介《しょうかい》してもらったのよ。それで、こんな高級なところに来られたわけ」

「へぇ、そんな事情が……」

「ここ、本当にいいところよねー。広いし、風情《ふぜい》もあるし。……伊月《いつき》、知ってる？　あの一番高いところにある三つ星の部屋、普通《ふつう》の人じゃ泊《と》まれないセレブ御用達《ごようたし》の会員制らしいわよ？　私たちとは住む世界が違うっていうかさ、憧《あこが》れるわねー」

「そう、だな……」

冷や汗が止まらない。

夏だというのに全身が肌寒かった。これが避暑地《ひしょち》・軽井沢《かるいざわ》の力か……？

「で、伊月は？」

斜《なな》め下から、鋭《するど》い視線が放たれる。

「伊月は？　どうして？　ここにいるのかな～？」

首を傾《かし》げながら少女が詰《つ》め寄ってきた。

「ええと、実は、そのぉ…………」

「私と違ってバイトしてるわけじゃなさそうだし、かといって伊月の家のことを考えたら旅行ってわけでもないわよね～？」

「あのぉ……」

「んんん～～？」

今にも拳《こぶし》が飛んで来そうな迫力《はくりょく》だった。

「伊月様」

その時、ふと背後から声が掛《か》かる。

見ればそこにはメイド服の静音《しずね》さんと、お嬢様《じょうさま》モードの雛子《ひなこ》がいた。

「時間がかかっているようなので、様子を見に来ましたが、そちらの方は……」

静音さんに視線を注がれた少女は、明るくて人当たりの良い笑みを浮《う》かべた。

「はじめまして、平野百合《ひらのゆり》と言います」

ぺこり、と小さく頭を下げた少女——百合。

再び持ち上げられたその顔は、弾《はじ》けるような満面の笑みを張り付けていた。

「伊月の幼馴染みですっ！」

「……幼馴染み、ですか」

「はい！」

百合は元気いっぱいな返事をした。

静音さんは嫌《いや》な予感がしたのだろう。その目が俺の方を向く。

心苦しいが、俺は深く頷いた。

「百合は……俺の過去を、全部知っています」

それはつまり、俺の正体を隠すことが困難な相手ということだった。

状況《じょうきょう》を察した静音さんは、溜息《ためいき》を飲《の》み込《こ》む素振りを見せ、頷いた。

「本日の予定を変更《へんこう》する必要がありそうですね」

◆

散歩の予定は中止して、俺たちは百合に事情を説明することにした。

場所は俺が泊まっている二つ星の部屋である。

予期せずして俺の部屋を訪れた雛子は、一瞬ベッドを鋭く凝視《ぎょうし》したが、すぐに視線を逸らした。本心では思いっきりベッドに突《つ》っ込みたいのだろうが、今の雛子はお嬢様モードだ。我慢《がまん》してもらおう。ていうか車の中でずっと寝てただろ。

「……じゃあ、事情を説明するぞ」

目の前に座《すわ》る百合へ、俺は自分の境遇《きょうぐう》について説明した。

少し前。部屋に入った直後、静音さんが俺にだけ聞こえるように「天王寺《てんのうじ》さんのパターンで」とこっそり耳打ちした。つまり天王寺さんにした説明を百合にもすればいいということだ。――雛子の本性を除いて、全てを説明する。

「……というわけなんだが」

「へーーーー？　なるほどねーーー？　ふーーーーーーーん？」

百合は完全に無表情のまま、相槌《あいづち》だけ打っていた。

目が怖《こわ》い。

「つまり伊月は、両親に夜逃《よに》げされて途方《とほう》に暮れていたところを、あの此花《このはな》グループのご令嬢《れいじょう》に拾われたと。以降、そちらの此花雛子さんのもとで働きながら、側付き？　としてあの超有名《ちょうゆうめい》な貴《き》皇学院《おうがくいん》にも通っていると……」

その認識《にんしき》で間違いない。俺は頷く。

「え？　どこまでが冗談《じょうだん》なの？」

「……全部事実だ」

「いやいや、そんなわけないでしょ。そんな漫画《まんが》のあらすじみたいなこと言われても、流石に信じられないわよ」

だよなぁ、と俺も思った。

しかしこれは紛《まぎ》れもない事実なのだ。信じてもらうしかない。

それより俺は、先程からずっとスマホで誰《だれ》かと連絡を取り合っている静音さんのことが気になっていた。

俺が百合に事情を説明している間、ずっと電話している。そんなに長い間、誰と何の話をしているのか……微かな緊張を感じたその時、静音さんがスマホを耳から離した。

「確認できました」

「へ？」

首を傾げる百合に対し、静音さんはスマホをポケットに仕舞《しま》ってから続ける。

「平野百合さん、十六歳《さい》。伊月さんが以前まで通っていた竜宮《りゅうぐう》高校に通う高校二年生ですね。父親の名前は平三《へいぞう》、母親の名前は南江《みなえ》。実家は祖父の代から続く大衆食堂で、屋号はひらまる。昼夜地元のお客さんで賑《にぎ》わっている人気店のようですね」

「え、え、え、なんでそんなこと……」

「ご実家となる店舗《てんぽ》の建設や保険、その他にも銀行口座などで弊《へい》グループの会社を利用していただいています。顧客《こきゃく》リストに貴女の情報がありました」

百合は口をポカンと開けて驚《おどろ》いていた。

俺と全く同じ手口で個人情報を洗われたらしい。……この日本という国において、此花グループと全く接点を持たない人間はかなり稀《まれ》だろう。呆然《ぼうぜん》としている百合を見て、改めて俺は此花グループの巨大《きょだい》さを実感した。

「伊月さんの説明は全て事実です。これで信用していただけたでしょうか？」

「し、信用、するわよ。ていうか……しないと、怖い……」

百合はすっかり怯《おび》えていた。

分かる。その気持ちはすっごい分かる。

俺も今でこそ静音さんとのやり取りに慣れているが、最初はそんな感じだった。

「悪いな、百合。心配かけて」

「べ、別にアンタの心配なんか、してないわよ」

百合は視線を逸《そ》らした。

「……でもアンタ、高校で変な噂《うわさ》になってるわよ？」

「え」

「先生はただの転校だって言ってたけど……アンタの家庭事情って、皆《みな》なんとなく知ってたし、今頃《いまごろ》は夜の街で働いているとか、マグロ漁船にいるとか、奴隷《どれい》オークションにかけられているとか、色んな説が囁《ささや》かれてるわ」

最後のはないだろ。

「まあ、事情は分かったわよ。高校の皆にも適当に誤魔化《ごまか》しておくわ」

「ああ……助かる」

「ふん、気にしなくてもいいわよ」

軽く礼を述べると、百合はドヤ顔で胸を張った。

何百回と見たその素振りに、俺は予感する。

あ、これは出るな。

「なんたって私は——伊月のお姉さんなんだからっ！」

「同い年だろ」

もう数え切れないくらい経験したやり取りだった。

思わず溜息が出る。

「お姉、さん……？」

雛子が不思議そうにした。

俺に兄弟姉妹《しまい》はいない。それは静音さんも雛子も知っている。

「えっと、コイツ、俺より半年前に生まれたんですよ。そのせいで昔からお姉さんぶることが多くて。実際は同い年なので気にしなくてもいいですよ」

「へ〜っ⁉　そーゆーこと言うんだ？　伊月がバイトで忙《いそが》しい時とか、私が色々面倒《めんどう》見てあげたのに！」

「まあ、それはそうだが……」

それを言われると弱い。

しかしこのドヤ顔がムカつくので、認めたくない。

「伊月はもっと私を敬うべきよ！」

「……チビのくせに」

「は、はぁぁあぁあぁ⁉　身長より歳の差でしょっ！」

「だから同い年だろ！」

寧《むし》ろ俺の方が兄として間違われることの方が多いくらいだ。

何年経《た》っても変わらないやり取りを続ける。

ふと、静音さんが目を丸くしてこちらを見ていることに気づいた。

「えっと、どうかしました？」

「いえ……伊月さんが、そんな言葉使いになるのは珍《めずら》しいように見えたので」

そんな言葉とは何のことだろうか？　……あ、チビとかか。

確かにこんな発言、百合以外にはしないかもしれない。

「大体さぁ、なんなの？　髪型《かみがた》とか服装とか、小綺麗《こぎれい》に整えちゃって」

「過ごしている環境が特殊《とくしゅ》だからな。頑張《がんば》ったんだよ」

「ふーん。…………伊月のくせに生意気よ。えいっ」

「あ、おい、触《さわ》るな！」

百合が背伸《せの》びして俺の髪に触ってきた。

文句を言ってやろうと百合の顔を見るが——その表情は柔らかく微笑《ほほえ》んでいた。

「アンタはただでさえ肩《かた》に力を入れる癖《くせ》があるんだから、ちょっとくらい気を抜《ぬ》いた方がいいわよ。そっちも今は夏休みなんでしょ？」

「……そう言われてもな」

からかわれているかと思いきや、気を使われている。こういうことがあるから百合のことは憎《にく》めないし、なんだかんだいつも感謝してしまうのだ。

「随分《ずいぶん》と、仲がいいんですね」

刹那《せつな》、吹雪《ふぶき》が降ったかと思った。

恐ろしい威圧《いあつ》感が空気を凍《こお》らせる。

先程《さきほど》からほぼ口を開くことなく佇《たたず》んでいた雛子が、じっとこちらを睨《にら》んでいた。

「そ、そうね。まあ十年くらいの付き合いだし」

「十年、ですか……」

雛子の目がスッと細められた。

百合も異変に気づいたのか、俺に耳打ちしてくる。

(ちょ、ちょっと伊月！　ねえ⁉　なんか私、此花さんに睨まれてない⁉)

(睨まれてるな……)

よく分からないが、百合は雛子の機嫌《きげん》を損《そこ》ねてしまったらしい。

此花グループのご令嬢を敵に回すとは……十年近い付き合いも今日で終わりか。

なんて冗談を考えていたが、よく見れば俺も睨まれているような気がする。

これ以上、この空気を保つのは危険だ。

「と、ところで百合、そろそろバイトに戻った方がいいんじゃないか？　この時間だとまだ働いている途中《とちゅう》だろ？」

「あっ⁉　すっかり忘れてた！」

百合は焦《あせ》った様子で本館の方へ向かった。

その途中、一度だけこちらを振《ふ》り返り、

「私、ここの食堂で働いているから！　会ったらよろしくっ！」

そう言って百合は速《すみ》やかに走り去った。

「随分、エネルギッシュな方でしたね」

「……百合は昔から家の仕事を手伝っていて、年上から年下まで色んな人と関わってきましたから、肝《きも》っ玉《たま》がすわっているんですよ」

その肝っ玉に度々《たびたび》引っ張られてきた俺が言うんだから間違いない。

その時、雛子が俺の服をくいっと摘《つ》まんだ。

「伊月……散歩、行こ」

「あ、ああ。そうだったな」

精神的な疲労《ひろう》が激しいので、今日は近所をぶらぶら歩く程度にしておこう。幸いホテルを見て回るだけでも十分時間を潰《つぶ》せそうだ。

「何処か行きたいところはあるか？」

そんな俺の問いに、雛子は小さな声で答えた。

「……食堂以外」

◆

雛子とのんびり散歩を楽しんだ、翌朝。

本館の食堂にて。朝食をとっている俺たちの前で、百合はぺこりと頭を下げた。

「はじめまして、平野百合です」

同じテーブルで一緒に食事していた天王寺さんと成香《なりか》は、百合の方を見た。

先程、食堂で合流して一緒に食事をすると決めた際に「知り合いが挨拶《あいさつ》に来るかもしれない」と伝えていたので、二人に驚きはない。雛子は既《すで》に挨拶を済ませているので、お嬢様モード特有の気品に満ちた笑《え》みを顔に張り付けていた。

「今はこのレストランでバイトとして働いているの。ちなみに、普段《ふだん》は伊月の幼馴染みをやってます！」

「本業みたいに言うな」

オレンジジュースの入ったグラスを置いてから、俺は突っ込む。

ビュッフェスタイルなので、テーブルの皿にはバラバラの料理が載《の》っていた。天王寺さんはサラダとオムレツ。成香はスープとパン。雛子はバランスよく色んな料理をとっているが、これは演技中だからだろう。素の雛子なら絶対に野菜はとらない。

俺が食べている生野菜と刺身《さしみ》のサラダは上品で滋味《じみ》に富んだ味だった。此花家の朝食に出ても遜色《そんしょく》ない。

「友成《ともなり》さんの、幼馴染みですか」

「伊月の、幼馴染み……」

天王寺さんと成香が興味深そうな様子を見せる。

「バイト中だろ。平気なのか？」

「軽く挨拶しに来ただけよ。料理長からも、仕事に支障をきたさないなら好きにしていいって言われてるし。……まあ、そっちが邪魔《じゃま》なら遠慮《えんりょ》するけど」

「いや、俺は別に邪魔なんて思ってないが……」

念のため、他の面子《メンツ》の顔色を窺《うかが》う。

「全然邪魔ではありませんわ」

天王寺さんが、紅茶の入ったカップを下ろして言った。

「わたくしたちにとっては珍しい縁《えん》ですし、拒《こば》む理由なんて一つもありませんの。仲良くしていただけると幸いですわ」

「お、おぉ……凄《すご》い、これがお嬢様の対応……」

口から紡《つむ》がれる寛容《かんよう》な言葉と、丁寧《ていねい》で落ち着きのある優雅《ゆうが》な所作が、百合にとっては新鮮なようだった。

そんな百合の姿は、かつての俺を彷彿《ほうふつ》とさせる。

俺も最初はお嬢様の一挙手一投足に驚いたものだ。……こと天王寺さんに限っては、金髪縦ロールという奇抜《きばつ》な姿も相まって一層強い衝撃《しょうげき》を感じるだろう。

「わ、私も、同じ気持ちだ。仲良くしてほしい」

成香も百合を見て言う。

しかし初対面の相手に緊張《きんちょう》してしまったのか、その顔はいつもより強張《こわば》って――学院で恐《おそ》れられている成香の顔が出てしまった。

このままでは誤解されるかもしれない。そう思い、俺は百合に耳打ちする。

(百合。成香はちょっと不器用なだけで……)

(大丈夫《だいじょうぶ》、分かってるわよ。こういう人はうちの常連にもいるから)

百合は全く恐れていなかった。

余裕《よゆう》を感じさせる笑みと共に、成香と向き合う。

「都島《みやこじま》さんって、アレよね。伊月が子供の頃に会ったっていう……」

「あ、ああ。多分それで間違いない。幼い頃、伊月の世話になったことがある」

俺が幼少期に成香の家でしばらく過ごしたことは百合に伝えていた。以前から百合はその話を気にしていたので、成香に注目する。

「ふぅ～～ん。あの伊月が、人の世話をねぇ」

百合は含《ふく》みのある様子で俺の方を見た。

「……なんだよ」

「べっつに～。ただ、いつもは私がお世話してあげてる伊月が誰かの世話をするなんて、ちょっと新鮮に感じただけよ」

そう告げる百合に、二人のお嬢様が反応した。

「お世話……？」

「伊月を、お世話……？」

雛子と成香が首を傾げる。

二人とも、妙《みよう》なキーワードに反応を示していた。

「ところで、三人ともお嬢様ってことは三つ星の部屋に泊まってるんじゃないの？　三つ星の部屋には料理も運ばれるはずだから、食堂を利用する意味ないと思うんだけど……」

そんな百合の問いに答えたのは、雛子だった。

「折角《せつかく》ですから、こうして皆さんと一緒に食事したいと思ったんです」

「なるほどね。まあこっちの方が旅行っぽい雰囲気《ふんいき》するし、楽しいわよね」

百合が納得する。

実際は「伊月と食べたい」とのことである。

天王寺さんと成香は「折角だから一緒に食事を楽しみたい」と言っていたが、この二人も優《やさ》しいので、俺に合わせてくれた可能性は否定できない。

だとすると言及《げんきゅう》するのは野暮《やぼ》である。二人の優しさを素直《すなお》に喜ぶとしよう。

「……と、そろそろ休憩《きゅうけい》が終わっちゃいそうだから、私はこれで失礼するわね」

壁《かべ》に掛けられた時計を見て、百合が去ろうとする。

「あ、百合。ちょっと待ってくれ」

立ち止まった百合に近づき、小声で話しかけた。

「昨日伝えた通り、俺は貴皇学院では身分を偽《いつわ》っているんだ。さっき会った三人は事情を伝えているから平気だけど、それ以外の人には他言無用で頼む」

「了解《りょうかい》。気をつけるわ」

百合はしっかりと俺の目を見て頷《うなず》いた。

「にしてもアンタ、いつもあんな濃《こ》い人たちと関わってるの？」

「まあ、そうだな」

「……金髪《きんぱつ》縦ロールって、お嬢様の間では普通なのかしら？」

「いや、それは天王寺さんが特殊なだけだ」

流石《さすが》に金髪縦ロールは貴皇学院でも一人しかいない。

「ふーん…………伊月の知り合いって、女の子ばっかりね」

ピリッと、小さな棘《とげ》を含んだ声音《こわね》だった。

ちょっと拗《す》ねたような顔で、百合は雛子たちの方を一瞥《いちべつ》する。

「しかも、可愛《かわい》い子ばっかり。……貴皇学院の人って皆あんなに綺麗《きれい》なの？」

「い、いや、それもあの三人が特別なだけで……」

「なんでその特別が伊月のもとに集まってるのよ」

「それは本当に、偶然《ぐうぜん》というか……」

「へーーーーー？」

半目で真《ま》っ直《す》ぐ睨まれた。全然信用されていない……。

俺も細かく考えたことはなかったが、よく考えたら本当になんでだろう……。

「ところで伊月」

「なんだ？」

「まさか、昨日のアレで私が全部納得したとは思ってないわよね？」

俺は口を噤《つぐ》んだ。

「メッセージを無視された時、悲しかったなぁ」

「うっ」

「ゲームセンターで見かけた時、本当は色々訊《き》きたかったのに空気を読んで我慢してあげたなぁ」

「ぐ……っ」

やはり覚えていたか……。

俺がお世話係になった直後に貰《もら》ったメッセージについては、一応タイミングを窺って返信したのだが、しばらく無視してしまったことは否定できない。正確には雛子にスマホを取られて返信できなかっただけだが。

いずれにせよ、お世話係の仕事が大変だったので、俺も普段より雑な対応をしてしまった。これについては素直に申し訳ないと思っている。

「今晩、私のところに来なさい。夕方から空いてるから」

「……はい」

その命令を拒否《きょひ》することはできなかった。

◆

百合とは一旦《いったん》別れ、俺たちは夏期講習の会場へ向かった。

本日から講習が始まる。コテージ型の会場に入った俺たちは、教室の扉《とびら》を開けた。中には既に二十人近くの学生が集まっていた。

「おい、あれ……貴皇学院の人たちじゃないか？」

「本物のお嬢様だ……」

「綺麗な人ばかりだなぁ」

「でも一人だけ仲良くなれそうな人がいるぞ……」

多分、最後のは俺のことだろう。

競技大会が始まる前。俺は成香の悩《なや》みに乗ると同時に、自分に向けられた客観的評価にも気づき、雛子たちの傍《そば》にいても不自然に思われないよう振《ふ》る舞《ま》うと決めた。

あの時の気持ちを思い出し、背筋をしっかり伸《の》ばす。

雛子たちと違って俺は注目されることに慣れていないため内心では緊張しているが、少なくとも今、俺だけが場違《ばちが》いだと見られることはなかった。

少し前までの俺なら違っていただろう。馬鹿にするような発言の一つや二つ、飛んで来たかもしれない。

「む、席が決まっているようだな」

一番前の長机に、各生徒の名前と席を記した紙がテープで貼《は》ってあった。

受付を済ませた順番で席を決めているようだ。雛子の隣《となり》には成香が、そして俺は――。

「あら、わたくしたちが隣のようですわね」

天王寺さんがこちらに近づいて言う。

俺の隣は天王寺さんだ。鞄《かばん》から筆記用具を取り出して席に座る。

しばらくすると、講師と思《おぼ》しき男性が教壇《きょうだん》の前に立った。

「皆さん、おはようございます。それでは早速《さっそく》一限目の授業を始めていきましょう」

今回の夏期講習専用の教科書が前の席から配られる。一週間しかないのでページ数は少なめだが、内容は凄《すさ》まじい密度だった。おかげで少し鼻白む。

しかし、これでも俺は日頃《ひごろ》から貴皇学院の授業についていっているのだ。

脳味噌《のうみそ》を必死に回転させ、どうにか授業にくらいつく。

（……やっと前半が終わった）

夏期講習は毎朝十時から夕方の六時まで行われる。

ハードなスケジュールだがありがたいことに昼食つきだ。貴皇学院が主催《しゅさい》するだけあって高級な弁当が用意されており、一般《いっぱん》の学校から参加した生徒たちは目を輝《かがや》かせていた。

昼休憩が終わり、午後の授業が始まる。

教室に初老の男性講師が入ってきた。

「では、これからミクロ経済学の授業を始めます」

「……ミクロ、経済学？」

聞き覚えのない単語に俺《おれ》は首を傾げる。

呆然としていると、隣の天王寺さんが小声で説明してくれた。

「パンフレットを確認しませんでしたの？　この夏期講習には、全国の名門大学で教鞭《きょうべん》を執《と》っている教授を数多く招き、現代のビジネスやサービスについて学べる特別講義をしていただくんですのよ。具体的には商学、経営学、法学、理工学を勉強できますわ」

「な、なるほど……」

取《と》り敢《あ》えず頷いてみたが、ピンと来なかった。

そんな俺の心境を見透《みす》かしてか、天王寺さんはくすりと微笑んだ。

「平たく言うと、帝王学《ていおうがく》ですわね」

実在したのか帝王学……。

夏期講習が、普段の授業では学べないものを学べるというコンセプトだったことは覚えていたが、まさか帝王学を学べるとは……流石に予想外である。

教科書のページを捲ってみると、ミクロ経済学を学んだあとはマクロ経済学を学ぶ予定らしい。どちらも知らない内容だ。

やがて経済学の授業が終わる。

俺はもう満身創痍《まんしんそうい》だった。

「友成さん、大丈夫ですの？」

「大丈夫……じゃないです……」

「教科書が配られたばかりで予習できませんでしたし、仕方ありませんわ」

天王寺さんは慰《なぐさ》めが温かい。

教室を軽く見回せば、俺以外にも頭を抱《かか》えている生徒が何人かいた。やっぱり今の授業は特別難しかったようだ。

天王寺さんの言う通り、予習できていたら話も変わっていたかもしれない。しかし天王寺さんは余裕そうである。日頃からこの分野の勉強もしているのだろうか。

最近、貴皇学院での生活には慣れてきたが、だからこそ俺は彼女たちの凄さを日々痛感するようになった。此花グループの令嬢である雛子、天王寺グループの令嬢である天王寺さん、日本最大手スポーツ用品メーカーの令嬢である成香。彼女たちの生きている世界はとても高尚《こうしょう》で、困難だ。並び立つのはそう簡単ではない。

頭の疲労を吐《は》き出すように、ゆっくりと肺に溜《た》まった酸素を零《こぼ》した。

　すると、一つ隣の席から話し声が聞こえる。

「此花さん？　何やら心配そうな顔をしているが、どうかしたのか？」

「いえ、私はいつも通りですよ」

　聞こえてきた雛子の声がいつもより僅《わず》かに重く感じたので、視線だけで雛子を見た。すると雛子もこちらを見ていたようで、目が合う。

　もしかして俺のことを心配してくれているのだろうか。

　大丈夫、なんとかついていく。そんな意思を込めて手を振ると、雛子は安心した表情を浮かべて前を向いた。

　休み時間が終わり、今度はスーツ姿の女性が教室に入ってくる。

「では、これからマルチメディア概論《がいろん》の授業を始めます。この授業では、私たちが普段活用しているメディア……音声や映像に関する基礎《きそ》技術について学んでもらいます」

　どうやら今、教壇に立っているのは理工学部の教授らしい。

　授業を聞いていると、徐々《じょじょ》に既視感《きしかん》を覚える。

（……あ。この内容は知ってるな）

　貴皇学院が夏休みに入る前。俺はＩＴ系の国家資格を取得するために、クラスメイトの北《きた》と一緒《いっしょ》によく勉強していた。その時に学んだ分野と範囲《はんい》が重なっているようだ。

「では、こちらの問題を……」

講師が問題を生徒に解いてもらうために、教室中をざっと見た。

雛子と天王寺さんを除き、殆《ほとん》どの生徒が視線を逸らす。

俺は……逸らさなかった。

「友成さん、お願いします」

講師が座席表で俺の名前を確認《かくにん》し、指名する。

「ええと……量子化です」

「正解です。よく分かりましたね」

講師は感心した様子で微笑んだ。

「アナログデータをデジタル化するPCMでは、標本化の後で量子化を行います。その後は符号化《ふごうか》によって数値を二進数に変換《へんかん》することも覚えておいてくださいね」

教室の生徒たちも「おー」と、称賛《しょうさん》の声を口にする。

偶然勉強している範囲でよかった。運がいいことは間違《まちが》いないが、それでもこの周囲からの称賛は、自分も貴皇学院の生徒なんだという自覚を与《あた》えてくれて嬉《うれ》しく感じる。

「此花さん、なんだか機嫌がよさそうだな」

「そうですか？　いつも通りですよ、ふふふ」

話し声が聞こえたので雛子の方を見ると、何故《なぜ》か得意気に胸を張っていた。

「友成さん。先程の問題、よく分かりましたわね」

天王寺さんが小声で褒《ほ》めてくれる。

「丁度、勉強している分野だったので。偶々《たまたま》答えられました」

「将来はＩＴ系へ進むつもりですの？」

「まだはっきりと決まったわけじゃないですけど、今のところそのつもりです」

最初は表向きの身分の都合だった。俺は貴皇学院では、中堅《ちゅうけん》ＩＴ企業《きぎょう》の跡取《あとと》り息子《むすこ》ということになっている。その設定に説得力を持たせるために勉強を始めた分野だが、静音さんの計らいによってＩＴ企業を就職先として紹介されたり、北のような本物の中堅ＩＴ企業の跡取り息子と関わったりするうちに、モチベーションが上がったのだ。

「でしたら折角ですし、天王寺グループの企業を幾《いく》つか紹介しますわよ」

「え、いや、その……いいんですか、そんな」

「実力はちゃんとチェックしますし、紹介くらいは問題ありませんわ」

天王寺グループの名に恥《は》じないよう、常に正しい振る舞いを心掛《こころが》けている天王寺さんのことだから予想はしていたが、裏口採用をするつもりは毛頭なさそうだった。……まあそれは此花グループも同じだが。

「ただわたくし個人としては、友成さんにはグループの中核企業《ちゅうかくきぎょう》となる非鉄金属メーカーか、総合化学メーカーあたりに来て欲《ほ》しいですわね」

「それは、何故ですか？」

「何故って、それは、その……」

途端《とたん》に天王寺さんは恥ずかしそうに顔を逸らした。

「出世次第《しだい》では、グループの重要なポストにつけると言いますか……。そ、そしたら、わたくしと一緒に働くことも、できると言いますか……」

なるほど、そういうことか。

「いいですね。前も似たようなことを言った気がしますが、天王寺さんと一緒に働くのは面白《おもしろ》そうです」

「はひゃ……っ、そ、そうですわよね！　わたくしもそう思いますわ！」

天王寺さんはとても嬉しそうに言った。

「そこの二人、授業に集中してくださいね」

講師に睨まれる。

先程の称賛が帳消しだ。……少し気を抜いてしまったかもしれない。

俺と天王寺さんはすぐに頭を下げ、口を噤んだ。

「こ、此花さん、なんだか機嫌が悪そうに見えるが……!?」

「そうですか？　いつも通りですよ、ふふふ」

雛子たちの話し声が聞こえる。

視線だけで雛子を見ると、何故かゴミを見るような目でこちらを睨んでいた。

◆

「本日の授業は終了《しゅうりょう》です、お疲《つか》れ様《さま》でした。一週間後には試験がありますので、予習と復習を欠かさないようにしてください」

最後の授業が終わり、講師が教室を出る。

「少し疲れましたわね」

教室を出た俺たちは、ホテルへ戻《もど》る。

「友成さんはこの後どうしますの？」

「そうですね、俺は……」

百合と会うのは夜なので、特に予定はないと伝えようとしたが……その時、後ろから軽く服を引っ張られる感触《かんしょく》がした。

雛子が他の人たちには見えない位置で、何か言いたげにこちらを見ている。

なんとなく意図を察した俺は、喉元《のどもと》まで出ていた言葉を引っ込《こ》めて修正した。

「……今日は疲れましたし、明日の予習もしておきたいので大人しくしておきます」

「私も今日はそうします」

すぐに雛子が同意を示した。

「まあ、軽井沢《かるいざわ》くらいならいつでも来られますしね。わたくしものんびりしますわ」

その考え方には賛同しかねるが、天王寺さんも部屋で大人しくしておくようだ。

「成香はどうする？」

「……私も、頭が限界だ」

成香は俺以上に疲労が溜まっているようだった。

「では皆さん、また明日」

俺は二つ星の部屋へ。他のお嬢様《じょうさま》たちは、当然のように三つ星の部屋へ向かった。

部屋に戻ってしばらく時間が過ぎるのを待つ。

（さて……じゃあ雛子と合流するか）

服を引っ張ってきたのは多分こういうことだろう。ここ最近、体調が回復しているとは聞いていたが、少し疲れたので屋敷《やしき》にいる時と同じように過ごしたいのだ。

雛子の部屋を訪問する姿は、なるべく天王寺さんや成香に目撃《もくげき》されたくない。十分近く間を置いたので、そろそろ問題ないだろうと思い俺は部屋の扉に手をかけた。

その時、スマホが着信を報《しら》せる。

電話の相手は静音さんだった。

『伊月さん。恐らくこちらへ向かおうとしていますよね？』

「はい。丁度今、部屋を出るところでした」

『それなんですが……お嬢様が眠《ねむ》ってしまいまして』

「え」

『私がお嬢様を見ていますので、伊月さんは自由にしていただいても構いませんよ』

「そう、ですか」

思いがけないタイミングで暇《ひま》が与えられた。

ベッド脇《わき》の机にある時計を一瞥する。

（……ちょっと早いが、百合のところへ行くか）

一応、夕方から空いているとは言っていたし大丈夫だろう。

「実はこの後、百合と会う約束をしているので、ちょっと行ってきます」

『分かりました』

「何かあればすぐに言ってください」

そう伝えると、電話越《ご》しに静音さんが微笑《びしょう》したのが分かった。

『伊月さんには普段、殆ど休みなしで働いてもらっています。ですから、軽井沢にいる間くらいは好きに羽を休めてください』

「……ありがとうございます」

日頃の頑張りを認められたような気がして、嬉しさが込み上げた。

『まあ、勉強でそれどころではないでしょうが』

「仰《おっしゃ》るとおりです……」

専門的な授業が多いため、予習と復習は必須《ひっす》だ。

しかし折角ああ言ってもらったわけだし。軽井沢にいる間は俺も少し自由に過ごしてみてもいいかもしれない。勉強で手を抜くわけにはいかないが。

電話を切った俺は、百合にメッセージを送信した。

伊月：今から行く。

百合：本館の２０４号室に来て。あとお腹《なか》空けといて。

百合からすぐにメッセージが返ってきた。

どうやら百合は一つ星の部屋に宿泊《しゅくはく》しているらしい。しかしリゾートバイトは確か、従業員用の部屋で寝泊《ねと》まりすると百合本人から聞いたことあるが……。

「お腹空けといて……?」

夕飯の誘《さそ》いでもあるのだろうか。

一応、静音さんにメッセージで「夕飯を済ませてくるかも」とだけ伝えておく。

「……ここか」

ドアの前に立ち、インターホンを鳴らす。

覗《のぞ》き穴が一瞬《いっしゅん》暗くなったかと思いきや、次の瞬間《しゅんかん》にドアが開かれた。

「来たわね」

百合の部屋に入る。

部屋の広さは俺が泊《と》まっている二つ星の部屋と大差なかった。値段の違《ちが》いは部屋から眺《なが》められる景色に現れているのだろう。坂の上にある二つ星の部屋、丘《おか》の上にある三つ星の部屋と比べると、一つ星の部屋は建物の背が低いため軽井沢の大自然が一望できない。しかし代わりにホテルの敷地《しきち》を一望できる造りだった。ホテル自体が豪華《ごうか》で広大なので、これはこれで面白い景色だ。

「百合、この部屋に泊まってるのか？」

「そ。バイト代を半分にする代わりに部屋を一つ用意してもらったのよ。元々私がここでバイトしている理由って料理の腕《うで》を磨《みが》くためだから、お金はそこまでいらないし、それに折角だからお客さんの気分も味わってみたいじゃない？」

「……相変わらず、料理に関しては本気だな」

「当然よ。私が実家の跡《あと》を継《つ》ぐんだから」

百合が椅子《いす》を指さしながら言う。俺はその椅子に腰《こし》を下ろした。

跡を継ぐ。その言葉を聞いて、ふと俺は雛子たちお嬢様のことを思い出した。

住んでいる世界は違うが、百合の生き方は彼女《かのじょ》たちと近いのかもしれない。百合もまた一つの家を――店の看板を背負うと決めている人間だ。

「まあ、それはさておき……私は今、ちょっぴり伊月に怒《おこ》ってます」

百合は淡々《たんたん》と俺の目を見て言う。

「……本当に、ちょっぴりか？」

「そんなこと言われるともっと怒ります」

「なんでもないです」

余計なことを言ってしまったと反省する。

百合は俺に座《すわ》るよう促《うなが》したくせに、自分は座ろうとしなかった。

自覚しているかは不明だが、百合の昔からの癖だ。身長にコンプレックスのある百合は大切な話をする時、なるべく座ろうとしない。小さく見られてしまうからだ。

「さて。なんで私はちょっぴり怒ってるんでしょうか？」

百合が訊く。

真っ先に思いつくのは、やっぱり最初のメッセージを雑に対処してしまったことだ。

「……俺の連絡《れんらく》が、遅《おそ》かったからか？」

「それは正直、あんまり怒ってない。伊月も忙《いそが》しかったみたいだし」

百合は首を横に振った。

次に思いつくのは、変装した天王寺さんと一緒にゲームセンターへ遊びに行った時のこと。あの時は深く考えなかったが、百合からするとあの光景は――。

「……いきなり消えたわりには、楽しそうにゲームセンターで遊んでいたこととか」

「それは怒ってるけど別腹」

怒ってはいるのか……。

しかし他に思い当たることはない。

悩み続けていると、百合は小さく溜息《ためいき》を吐いた。

「伊月。親が夜逃《よに》げして、行く当てがなくなったんでしょ？」

「……ああ」

「だったら……」

百合は激情を堪《た》えるように唇《くちびる》を噛《か》み、告げた。

「だったら……最初は私に頼《たよ》りなさいよ」

微《かす》かに目を見開く。

百合は、そんなことを思ってくれていたのか。

嬉しさとか申し訳なさとか、色んな感情が胸中で綯《な》い交《ま》ぜになった。

俺にとって幼馴染《おさななじ》みの少女・百合は、なんでも気軽に言い合える一際《ひときわ》距離《きょり》の近い友人である。少なくとも普段はそんなふうに考えている。

けれど時折思い出す。幼馴染みというのはそんな単純な関係ではない。十年近くの付き合いがある相手なんて、親を除けば百合しかいないのだ。

俺にとって百合は大切な隣人《りんじん》だ。

きっと、百合にとっての俺も、そうなんだろう。

「悪い。……でも全部、いきなりだったからな。両親の夜逃げを知った後、本当にすぐ此花さんの誘拐《ゆうかい》に巻き込まれたんだ」

小さく頷く百合に、俺は続けて言う。

「もし此花さんと会ってなかったら……俺は絶対、百合に相談してたと思う」

「…………そ」

百合は再び小さく頷いた。

しばらく沈黙《ちんもく》が続く。しかしこの沈黙は必要な儀式《ぎしき》だった。いつの間にかできていた罅《ひび》が、思い出した信頼《しんらい》によって埋《う》められていく。

やがて百合の口から「ふぅ」と小さな声が零れる。

「伊月。晩ご飯、まだ食べてないわよね？」

「ああ。腹空《す》かせとけって言われたしな」

「用意してあげるわよ。ここ、キッチンついてるから」

百合はキッチンのカウンターに置いていたエプロンを手際《てぎわ》よく身に着ける。今朝バイトで使っていたクラシカルなギャルソンエプロンではなく、俺にとって見覚えのある大衆食堂のエプロンだった。

腰紐《こしひも》をきゅっと締《し》めると、百合はいつもより凛《りん》として、その童顔も大人びて見えた。

「ご注文は？」

「それじゃあ、ハンバーグセットで」

「了解、いつものね」

そう言って百合は小型の冷蔵庫を開けた。今、働いている食堂から分けてもらったのか、中には肉や野菜といった幾らかの食材が入っていた。

慣れた様子で調理を始める百合。

その小さな背中に、包丁が食材を切る音。ここが軽井沢であることを忘れてしまうくらい俺にとっては馴染《なじ》み深《ぶか》い景色だった。

「久しぶりだな、百合の料理を食べるのは」

百合の背中に向かって声を掛《か》ける。

「バイト帰りとかしょっちゅう来てたもんねー」

「そうそう。試食会に呼ばれてな」

先程《さきほど》も口に出して言ったが、百合は料理に関しては本気である。今回のバイトもその本気さが切っ掛けだろう。

百合は昔の俺と違って金に困っているわけではない。高校生になってからは長期休暇《きゅうか》の度《たび》にリゾートバイトに申《もう》し込《こ》み、そこそこ有名なホテルのキッチンスタッフとして働いていたが、それは料理の腕を磨くためだ。

「まだ目指しているんだな」

「勿論《もちろん》」

百合は将来、実家である大衆食堂を継ぐ。

けれどそれとは別に、ある野望があった。

「私は――ひらまるを全国チェーン店にするっ！」

百合は拳《こぶし》を握《にぎ》り締めて宣言した。

それが百合の夢。子供の頃《ころ》からずっと口にしている野心だった。

「応援《おうえん》してるぞ」

「そう言ってくれるなら、勝手にいなくならないでよ。私の試食係はアンタなんだから」

「申し訳ない……」

最近はお世話係の仕事も融通《ゆうずう》が利《き》きやすくなっている。今度、少しだけ暇を貰って百合の家に行ってみようか。

「伊月が授業を受けている間に、私も色々調べたんだけどさ」

生野菜をカットしながら百合は続けた。

「今朝会ったあの三人のお嬢様って、もしかして貴皇学院の中でもかなりレベルの高い子たちなんじゃないの？」

「まあ……特に家柄《いえがら》がいい三人かもな」

「やっぱり。……今朝も言ったけど、なんでそんな凄《すご》い人たちと仲良くなってんのよ」

今朝は俺もそれを訊かれて疑問に思った。

けれど、よく考えたら単純なことだ。

「多分、最初に此花さんと会ったからだな」

全ての原因は雛子だ。俺は雛子と出会い、雛子と一緒に行動するようになってから、天王寺さんや成香とも顔を合わせるようになった。

「此花さんと出会ったのは、俺にとって奇跡《きせき》みたいなもんだよ」

本当に、一生分の運を使い切ったとしてもおかしくない。

数ヶ月前のことを思い出していると……百合がこちらを見ていた。

「ふーん」

「なんだ、その目」

「別に。……なんか、やだなって思っただけ」

意味が分からず首を傾《かし》げると、注文通りのハンバーグセットが運ばれる。

「はい、お待たせ」

対面に百合が座った。その手元には俺と同じくハンバーグセットがある。

生野菜のサラダに白米とハンバーグ。俺が百合の家でよく食べていたメニューだ。ハンバーグに関しては元々タネを作っていたのだろう。それでもこの短時間で二人分を用意できるのは、百合が日頃から料理に慣れているおかげである。

「いただきます」

「いただきます」

二人で手を合わせ、夕食をとる。

早速、ハンバーグを口に入れた。

「どう？」

「美味《うま》い！」

百合が満足げな顔をする。

「アンタ、昔からこれ好きだもんね」

「ああ。……なんだっけ。ちょっと隠《かく》し味《あじ》があるんだよな、これ」

「大葉ね。細かく刻んで入れているの」

そうだった、そうだったと相槌《あいづち》を打ちながら、俺はハンバーグを頬張《ほおば》った。

「懐《なつ》かしいな……最近こういう料理を食べてなかったから特に美味く感じる」

「そう思ったから用意してあげたのよ。庶民的《しょみんてき》な料理に餓《う》えてたでしょ？」

長年の付き合いだけあって、俺の気持ちなんて余裕《よゆう》で見透かしているらしい。

今、この場にお嬢様はいない。第三者の目もない。そして目の前にあるのは豪華なコース料理ではなく馴染み深い定食だ。

マナーをそこまで気にする必要はない。

敢えて豪快《ごうかい》に食べたいと思った俺は、ハンバーグを少し大きめに切って、一口で食べてみせた。唇の周りが少し汚《よご》れる。

「よかった」

目の前を見ると、百合が両手で頬杖《ほおづえ》をつきながらこちらを見つめていた。

「伊月、なんにも変わってないね」

「そっちもな」

しばらく会わなくても、俺たちは気兼《きが》ねなく一緒に過ごせる幼馴染みだった。

穏《おだ》やかな気分に包まれながら、俺は百合の料理に舌鼓《したつづみ》を打った。

◆

百合と別れた後、すっかり暗くなった夜道を歩いて自分の部屋へ向かった。

こちらの用事は終わった旨《むね》を念のため静音さんに伝えた方がいいか……ポケットからスマホを取り出し、静音さんへ繋《つな》げる。

「あ、静音さん。今からならそっちに行けますけど、どうしましょう？」

『そうですね……では来てもらってもいいですか？　お嬢様も伊月さんとお話ししたそうでしたから』

「分かりました」

どうやら雛子は起きたらしい。

『少しお待ちください。お嬢様が伝えたいことがあるそうなので、電話を代わります』

ガサゴソ、と電話から物音がした。

数秒ほど待っていると、電話の向こうから微かな息遣《いきづか》いが聞こえた。

「雛子か？」

『ん……ポテチ食べたい』

ずっこけそうになった。

多分、電話の向こうでは静音さんも似たような気持ちだろう。

「静音さんはいいって言ってるのか？」

『んー………大丈夫《だいじょうぶ》だって』

「分かった。じゃあ買ってくるから待っててくれ」

ある意味、平常運転で安心する。

俺たちが宿泊しているホテルは高級だが、金さえ払《はら》えば普通《ふつう》の客も利用できる。本館フロントの奥《おく》には小さな売店があり、そこには庶民的なものも沢山《たくさん》売っていた。

雛子ご所望《しょもう》のポテチを見つけ、一袋《ふくろ》購入《こうにゅう》する。

売店から出た後、スマホを確認すると静音さんからメッセージで部屋番号を伝えられていた。ポテチ片手に雛子が泊まっている部屋まで向かう。

雛子たちが泊まっている部屋は、部屋というより家だった。

（一応、周囲の目には注意しておいて……）

ここが雛子の泊まっている部屋だと気づいている人がいるかもしれない。夜、俺が雛子の部屋を訪《おとず》れたという情報は不要な誤解を生みそうなので、知られてはならないだろう。

誰《だれ》にも見られていないことを確認し、俺はドアをノックした。

しばらく待つとドアが開き、静音さんが迎《むか》えてくれる。

「お邪魔《じゃま》します」

「誰かに見られていませんか？」

「大丈夫です」

ちゃんと確認したつもりだが、念には念を入れて素早《すばや》く部屋の中に入る。

「お嬢様は二階にいます」

三つ星の部屋は、俺が泊まっている二つ星の部屋とは比にならないくらい豪華だった。

外観からも予想はできていたが、これは部屋というより家だ。一階には大きなソファが鎮座《ちんざ》するリビングが広がっており、家具や調度品のランクも二つ星の部屋と比べて一つ上がっているように見える。見晴らしのいいバスルームもあるようだ。

「これが三つ星の部屋……広いですね」

「いわゆるヴィラタイプですし、スイートルームですからね」

「ヴィラ……？」

「客室が家のように一棟《とう》ずつ分かれているタイプのことです。ちなみにスイートルームというのは、リビングとベッドルームが分離《ぶんり》していることを意味します」

なるほど、と頷《うなず》く。スイートルームなんて、俺は特別豪華な部屋という認識《にんしき》しか持っていなかったが、実際にはそのような意味があったらしい。

「そういえば、ここって会員制の部屋みたいですね……」

「会員制ですが値段はそこまで高くありませんよ。都心のラグジュアリーホテルですと一泊《ぱく》で百万円を超《こ》えるところもありますから」

「ひゃ……っ!?」

授業中の天王寺さんみたいな変な声が出た。

文字通り桁《けた》が違う。

「ですが多分、都心のホテルは新鮮味《しんせんみ》がないと思われます」

「え、何故ですか？」

「私たちが普段《ふだん》過ごしている環境《かんきょう》の方が豪華ですので。その点、軽井沢のホテルは立地を活《い》かしていますから、私たちもまだ新鮮に感じやすいでしょう」

静音さんは俺がこのホテルに対して、純粋《じゅんすい》に感動できなかったことを見抜《みぬ》いているようだった。静音さんにも似たような経験があったのだろうか……。

二階に上がると、これまた随分《ずいぶん》広いベッドルームがあった。

「お帰り～……」

手前のベッドに寝《ね》そべっている雛子が、こちらを見てひらひらと手を振《ふ》った。

「ほら、買ってきたぞ」

「やった……っ！」

ポテチの袋《ふくろ》を見せると、雛子は目を輝かせて喜んだ。

ベッドから立ち上がって、ポテチを食べに来るかと思いきや……。

「食べさせてー……」

「……はいはい」

ベッドに寝そべりながら、雛子は小さな口をかぱりと開いた。

静音さんが「まあ今日くらいはいいでしょう」とでも言いたげに頷いているので、俺はポテチを一枚手に取って雛子の口に運ぶ。

「んへへ……ポテチ、美味い……」

パリポリと音を立ててポテチを食べる雛子。

現代人が想像しうる最大の怠《なま》け方《かた》だった。

数時間前夏期講習にて「綺麗《きれい》だ」「お嬢様だ」と囁《ささや》かれていた少女と同一人物とは思えないくらいである。

「伊月も、食べていーよ……?」

「ああ」

俺もポテチを食べる。

お世話係になってから、大衆食堂に出てくるような家庭的で一般的《いっぱんてき》な料理はあまり口にしなくなったが、唯一《ゆいいつ》ポテチだけは食べる機会が増えているかもしれない。

雛子にポテチを食べさせ、次は俺がポテチを食べる。

交互《こうご》にポテチを食べていると、ふと違和感《いわかん》を覚えた。

（ん？　なんか湿《しめ》っているような……）

ちょっと湿っているくらい、そこまで気にする必要はないかと思ってそのまま食べる。

しかしその時、雛子が顔を真っ赤にしてこちらを見ていることに気づいた。

「…………」

「え、あれ……？　もしかして今の、雛子の食べかけ……？」

「…………んぅ、む」

「わ、悪い！　気づかなかった！」

もう完全に食べてしまった。

雛子は耳まで赤く染めたまま、恥ずかしそうに視線を逸《そ》らす。

気まずい沈黙が続いた。

「コホン」

離《はな》れた位置でこちらを見ていた静音さんの小さな咳払《せきばら》いが、俺《おれ》たちを正気に戻す。

我に返った俺は、テーブルの上に今日配られた教材が置かれていることに気づいた。開かれたノートには、びっしりと勉強の跡が刻まれている。

「雛子、勉強してたのか？」

「ん、ちょっとだけ」

寝転《ねころ》びながら雛子が返事をする。

「凄いな……殆ど完璧《かんぺき》に解けてるじゃないか」

「……褒めてくれても、いい」

雛子がこちらに頭を向けて言った。

これは、撫《な》でろという意味だろうか。

「よくできました」

「んむ……」

人懐《ひとなつ》っこい猫《ねこ》みたいに雛子は目を細めた。

「雛子。俺も勉強していいか？　明日の予習をしておきたくて」

「ん。じゃあ私は、それを後ろから見てる」

「見てて楽しいものでもないだろ」

そう告げると、雛子は首を横に振った。

「いつも通りの景色で……落ち着く」

素の雛子特有の、ふにゃりとした笑《え》みを浮《う》かべていた。

机の前で勉強している俺。ベッドでのんびりする雛子。なるほど、確かにこれはいつも俺の部屋で見ている光景だ。

雛子の視線を浴びながら、明日の予習を始める。

隣《となり》のソファから、誰かが欠伸《あくび》する気配を感じた。

「静音さん、眠そうですね」

「……そうですね。ここ最近、仕事が詰《つ》まっていましたので」

半分寝ていたのか、返事が少し遅《おく》れていた。

時刻は午後十時。まだ眠るには早い時間だが、静音さんは屋敷にいる時も常に多忙《たぼう》そうに見える。日頃《ひごろ》の疲れが噴《ふ》き出ているのかもしれない。

「雛子のことは俺が見ていますので、静音さんは寝ても大丈夫ですよ」

「いえ、それは……」

「静音さん、俺に言ってくれたじゃないですか。普段休みなしで働いているんだから、軽井沢にいる間は羽を休めていいって。……それ、静音さんも同じだと思います」

自分の吐《は》いた言葉が自分に向かってくるとは露《つゆ》ほども思っていなかったのだろう。目を丸くする静音さんに、俺は続けて言う。

「偶《たま》には休んでください」

「……分かりました。それではお言葉に甘《あま》えて、失礼させていただきます」

観念したように頷いた静音さんは、柔《やわ》らかく微笑《ほほえ》んだ。

静音さんが寝巻《ねまき》に着替《きが》えるため、一階の風呂場《ふろば》に向かった。着替えた後はこのベッドルームを使うだろうから、俺は雛子に目配せして一緒《いっしょ》に一階のリビングに下りる。

「伊月……ありがと」

雛子から借りた教科書とノートを広げていると、何故か礼を言われる。

「何がだ？」

「静音、喜んでた」

雛子がソファに寝そべりながら言った。

「静音のあんな顔……滅多《めった》に見ない」

「……そうか。ならよかった」

お節介《せっかい》かもしれないと思ったが、言ってよかった。

「んぅ……ふわぁ」

雛子が欠伸する。

「雛子も眠そうだな」

「ん……そういう伊月も」

バレたか。

勉強に集中しているつもりだったが、少しずつ睡魔《すいま》がにじり寄っていた。何度か転《うた》た寝しそうになったところを見られたらしい。

（もう少しだけ予習しておきたいな。俺がこの部屋を出入りしている姿は、あんまり人に見られたくないが……まあ外が暗いうちに戻ればいいか）

遅くとも深夜までに帰れば大丈夫だろう。

そんなふうに、油断したのが駄目《だめ》だった――。

肌寒《はださむ》い気温を感じ、瞼《まぶた》を開く。

閉じたカーテンの隙間《すきま》から、柔らかい日の光が差し込んでいた。

「あれ……朝…………？」

自分がいつの間に寝たのか、覚えていない。

すぐに異常に気づいた。寝巻ではない自分の服装。ベッドではなくソファに沈《しず》み込んでいる自分の身体。そして隣ですやすやと眠っている雛子。

時計が示している時刻は、午前七時。

「……やばい」

寝落《ねお》ちした。

◆

「昨日の感動を返してください」

「本当にすみません」

目を覚ました静音さんに、俺はソファの上で土下座した。

時刻は午前七時半。先程から三十分経《た》ったが、俺はまだこの部屋から出られずにいた。

まだ朝早い。今ならまだ誰にも見つからずに出られるかと思って何度か外の様子を窺《うかが》ったが、タイミングが悪いことに二人組の宿泊客《しゅくはくきゃく》がずっと話し込んでいた。この辺りにはベンチや庭園など、落ち着いて景観を満喫《まんきつ》できるスペースが多い。本館付近と比べると人通りは少ないが、その分、一人一人の滞在《たいざい》時間が長かった。

「伊月さん、お風呂《ふろ》には入りましたか？」

「いえ……入ってないですね」

「夏期講習が始まるまであと三時間弱。朝食やお風呂を考えると、あまり悠長《ゆうちょう》にしていられませんね」

多分、雛子も風呂に入っていないだろう。

「んぇ……伊月？　おはよ……」

隣のソファでぐっすり眠っていた雛子が目を覚ます。

「伊月、お風呂入ってないの～……？」

手の甲《こう》で目を擦《こす》りながら雛子は訊《き》いた。

途中《とちゅう》から話を聞いていたらしい。

「あ、ああ」

「じゃ……一緒に、入ろぉ……」

「いや、今はそういうことしてる場合じゃなくて……」

やんわりと断ると雛子が不機嫌《ふきげん》そうに頰《ほお》を膨《ふく》らませた。申し訳ないと思うが、今ばかりは余裕がない。

何かいい手はないか考えたその時、大きな窓の向こうにあるベランダが見えた。窓に近づいてベランダと、その奥に広がる風景を見る。

段差はあるが、手すりの下には砂の地面があった。

「……ここから出られそうですね」

「可能か不可能かで言えば可能でしょうが、少々危ないのでは？」

「いえ、今回の失態は俺の不注意が招きましたし……自分のミスは自分で拭《ぬぐ》います！」

玄関《げんかん》から靴《くつ》を持ってきて、ベランダで履《は》く。

幸いこちら側には人の姿がなかった。しかしタイミングの問題かもしれないので物怖《ものお》じしている暇はない。手すりを乗《の》り越《こ》え、慎重《しんちょう》に着地する。

「……よしっ」

護身術にダンスレッスンにテニス。お世話係になってから、なんだかんだ身体を鍛《きた》え続けた甲斐《かい》があった。

ベランダにいる静音さんに、ジェスチャーで無事を伝える。

一難去った。安堵《あんど》に胸を撫で下ろした俺は、のんびり自分の部屋へ向かう。

その時――。

「伊、月……？」

背後から名を呼ばれる。

振り向けば、そこには背の低い少女が立っていた。

「ゆ、百合か。おはよう……な、何してるんだ？」

「……今日のバイトは昼からだから、ちょっと散歩してたのよ。それより……」

百合は顔を引《ひ》き攣《つ》らせながら、口を開いた。

「さ、さっき私……此花さんの部屋のベランダから、誰かが飛び降りたのを見たのよ。あれって……伊月よね？」

「なななんのことだか、さっぱり……」

見られていたらしい。

顔を逸らして誤魔化《ごまか》そうとする。しかし百合の視線はずっと俺に突《つ》き刺《さ》さっていた。

「と、というかなんで、百合は此花さんの部屋を知ってるんだ……？」

「フロントの業務も手伝っていたから、宿帳を見る機会があったのよ。……いや、話逸らすんじゃないわよ」

くっ……駄目か。

さりげなく話を逸らしたかったが見抜かれた。

「し、執事《しつじ》だ、執事。此花家には執事が沢山いるから、その一人と見間違《みまちが》えたんだろ」

「あ、ああ、なんだ。そういうことね……」

我ながら素晴《すば》らしい言い訳だと思った。

百合も納得《なっとく》した様子を見せるが――。

「――いや、私がアンタのこと見間違えるわけないでしょ」

真顔で言われる。

どうやら俺は、一番見つかってはいけない相手に見つかってしまったようだ。

冷《ひ》や汗《あせ》が垂れる。頭の中にこれ以上の言い訳が湧《わ》いてこない。

仕方ない。ここは最終手段に頼るしかないようだ。

「お、俺、急いでるから！」

「あっ⁉　ちょっと、伊月⁉」

俺は走って逃《に》げた。

◆

急いで自分の部屋に戻《もど》った俺は、その後、風呂に入って着替《きが》えを済まし、食堂で朝食をとってから夏期講習の教室へ向かった。

百合のバイトは昼からなので食堂で顔を合わせることはなかった。しかし、すぐにまた問い詰められるだろう。その時の対策を考えなければならない。

昼休み。

教科書とノートを鞄《かばん》に仕舞《しま》った俺は、ワゴンで運ばれてきた高級弁当を一つ手に取って自分の席に戻った。

「言い訳を、考えておかないと……」

「伊月、どうかしたのか？」

独り言のつもりが対面に座る成香に聞かれる。

俺は「なんでもない」とだけ答えた。

席が近いこともあって、俺たち四人は一緒に食事をとっていた。なんだか数ヶ月前のお茶会を思い出して懐かしい気分になるが、今は純粋にその気分を楽しむ余裕がない。

「友成さん、今回は予習してきたみたいですわね」

「まあ、昨日は一部の科目を除いて散々でしたからね」

隣で一緒に授業を受けていた天王寺さんが、昨日と今日で俺の集中力に差があったことを見抜いたらしい。雛子の部屋で予習したおかげで今日の授業にはついていけた。

「そういえば今朝は、平野さんがいなかったな」

成香が甘めの筑前煮《ちくぜんに》を食べながら、思い出したように呟《つぶや》く。

「今日は昼から働くみたいだ」

「そうだったのか」

百合から聞いた話を伝えると、成香は納得した。

「折角《せっかく》ですから、もっとお話しする機会があればいいのですが……」

「そう言ってくれると百合も喜ぶと思います。ただ、お互《たが》いの都合が合うのは夜しかなさそうですね」

天王寺さんの残念そうな発言に、俺は苦笑《くしょう》した。

俺たちは俺たちで忙しいので、朝や昼には時間を作れない。

「あ、じゃ、じゃあ、やりたいことがあるんだが……っ！」

成香が、勇気を振り絞《しぼ》った様子で俺たちに告げた。

◆

成香の言うやりたいこととは、ずばり——パジャマパーティだった。

お嬢様《じょうさま》たちは家のルールなどもあって節度を重視しているため、就寝《しゅうしん》時間になると各自部屋に戻る手筈《てはず》となった。つまりお泊《と》まり会にはならない。それでも、普段一緒《ふだんいっしょ》にいられない夜という時間帯に、普段見ないパジャマという服装で集まるというのは、非日常的な雰囲気《ふんいき》を楽しめるイベントとなるだろう。

成香の提案に全員が賛同した後、俺は早速《さっそく》、百合に電話で確認《かくにん》を取った。

『いいわよ』

百合の返事は早かった。

百合は昔から人付き合いが得意なタイプである。貴皇学院のお嬢様たちが相手でも尻込《しりご》みしないのはこれまでの様子から分かっていたので、許可してくれるとは思ったが――。

『アンタに訊きたいこともあるしね』

最後に不穏《ふおん》な一言を告げられたので、それだけは気掛《きが》かりだった。

パーティの会場は百合の部屋になった。雛子、天王寺さん、成香は三つ星の広い部屋に宿泊《しゅくはく》しているが、使用人も一緒に泊まっているらしい。どうせなら五人だけの空間の方がいいだろうという話になったのだ。

正直、雛子の部屋には静音さんしか使用人がいないし、静音さんなら傍《そば》にいても問題ないだろうと思っている。が、俺は昨日雛子の部屋にポテチを買って行ったことを思い出した。ああいうところから雛子の本性《ほんしょう》が明るみに出る可能性もなくはないし、ボロを出さないためにも百合の部屋で同意しておいた。

「しかし、成香も成長したなぁ」

百合の部屋へ向かいながら、俺は隣の成香を見て呟く。

「な、なんだ急に……」

「いや、まさか成香が皆《みな》を巻《ま》き込《こ》んだイベントを企画《きかく》するとは……」

「ふっ、このくらいのことは私もできるようになったさ。仮に断られたとしても、丸一日寝ていればなんとか回復できる」

「大ダメージだな」

断らなくてよかった……。

「でも、なんでパジャマパーティなんて知ってたんだ？」

「あ、ああ、それはこの前、駄菓子屋《だがしや》に行った時、近所の小学生くらいの子供たちが大層楽しそうにパジャマパーティをしたと話していてな。それを聞いて羨《うらや》ましくなったんだ」

なるほど。あまりお嬢様っぽくない企画だと思ったが、どうやら元ネタが一般人《いっぱんじん》の話題だったらしい。それなら納得だ。

百合の部屋に到着《とうちゃく》し、俺はインターホンを鳴らす。

「いらっしゃい」

ドアが開き、パジャマ姿の百合が迎えてくれる。

「平野さん、よろしくお願いいたしますわ」

「ええ、こっちもよろしく！　伊月が連絡《れんらく》してくれた時から、楽しみにしてたのよね～」

百合はお世辞ではなく本心からウキウキしている様子だった。

「ソファとベッドをくっつけたから、適当に座《すわ》っちゃって」

「俺は椅子《いす》でもいいぞ」

「駄目よ。パジャマパーティって言ったら床《ゆか》かベッドでしょ」

そうなのか……？

実は俺もパジャマパーティにはあまり詳《くわ》しくない。偏見《へんけん》かもしれないが、パジャマパーティは女子がやるイメージだ。

ベッドに座るのは少し抵抗《ていこう》があったので、俺はソファに腰《こし》を下ろした。

「こういうの、初めてです」

「そ、そうだな……言い出しっぺだが、緊張《きんちょう》してきたぞ」

「楽しい一時になりそうですわね」

ベッドの上では三人のお嬢様たちが仲睦《むつ》まじく談笑《だんしょう》していた。

その光景を目《ま》の当たりにして、俺は……なんだか居たたまれない気持ちになる。

「友成さん、どうかしまして？」

「いや、なんていうか……」

こちらの異変に気づいた天王寺さんが首を傾げた。

俺は目を逸らし、誤魔化すが……百合がニヤリと嫌《いや》な笑みを浮かべた。

「男子にとっては壮観《そうかん》な景色かもね～？」

「……そうだな。百合は見慣れてるんだが」

「見慣れんな」

百合が俺の頭にチョップを落とした。

皆のパジャマ姿はいつもと違《ちが》って新鮮で、可愛《かわい》らしくて、男である俺にとっては動揺《どうよう》を誘《さそ》う不思議な魅力《みりょく》があった。

パジャマと言っても、百合の部屋へ来るまで外を歩かなければならなかったため、人に見られても問題ない服装である。アメニティにもパジャマはあったが、折角なので持参したものを着ようという話になり、俺も普段使っている地味めなパジャマを着ていた。

雛子のパジャマは薄桃色《うすももいろ》で襟《えり》付きのものだった。お嬢様らしいフォーマルな雰囲気が微《かす》かに残っている。素の雛子ならもうちょっとラフな格好をすることが多いが、こちらのパジャマも屋敷《やしき》で何回か見たことがある、恐《おそ》らくお気に入りの代物《しろもの》だ。

天王寺さんのパジャマは水色のワンピースタイプで、リボンがついているがどちらかと言えば上品な見た目だった。ライバル視している雛子がいるからか、俺が天王寺さんの家に泊まった時と違って髪型《かみがた》が縦ロールのままである。髪型と、天王寺さん自身のエレガントな印象が相まって、舞踏会《ぶとうかい》に参加したドレス姿の令嬢《れいじょう》のような気品が感じられた。

成香は真っ白なパジャマだった。可愛らしいフリルがついており、私服の時と同じく下は短めの丈《たけ》である。成香のことを考えると、どうしてもスポーツに集中している時の凛《りん》と

した姿を想像してしまうので、動きやすい服装を予想していたが、このパジャマ姿は一転して普通の少女らしく、成香の新しい一面を見ているような気がした。

「でも、伊月が見惚《みと》れる気持ちも分かるわね。本物のお嬢様ってパジャマでもお洒落《しゃれ》に見えるっていうか……」

百合はどこか羨ましそうに雛子たち三人を見つめた。

ちなみに百合のパジャマは、上はキャミソールとパーカー、下はショートパンツで、色はグレーで統一されている。パーカーを着ているためパジャマというよりルームウェアのような印象だが、そんなことより俺はさっきからずっと内心ヒヤヒヤしていた。

キャミソールのサイズが合っていないのか、先程《さきほど》から胸元《むなもと》が危《あや》うい感じなのだ。おかげで俺は百合が姿勢を崩《くず》す度《たび》に視線を逸らす羽目になっている。

「……正直、一番目の毒なのはお前なんだが」

「え？　……ちょっ、変なとこ見ないでよっ！」

耐《た》えきれなくなったので俺の方から伝えさせてもらった。

百合がこちらに背を向けて、パーカーの前を閉める。見慣れているとはいえ俺も男なのだ。気を抜《ぬ》き過ぎないでほしい。

「変態はおいといて、パジャマパーティを始めましょう」

多少見てしまったことは否定できないので、俺はその誹《そし》りを今回だけ見逃《みのが》した。

「で？　何の話をするの？　パジャマパーティって言うから恋《こい》バナとか？」

「そ、そういうのは、まだ早いような……っ」

「え？　そう？」

赤面して首を横に振る成香に、百合はきょとんとした。

基本的にお嬢様は恋愛《れんあい》経験が乏《とぼ》しいため、普通の人と比べると免疫《めんえき》が低いのだ。

「折角ですし、お二人のことを聞きたいですわね」

「私も、お二人の昔の話を聞いてみたいです」

天王寺さんの発言に雛子も同意する。

俺と百合は顔を見合わせた。

「私と伊月の昔ねぇ。大体、私が伊月の尻拭《しりぬぐ》いをしてきた話になるけど」

「いや、俺が百合にあちこち引っ張られた話になるぞ」

「失敬ね。そんなに引っ張ってはないでしょ」

「百合……まさか、記憶《きおく》を失って……っ!?」

「ないわよ！　ちゃんと覚えた上で言ってんの！」

ちょっと信じられない発言だったので、俺は一瞬《いっしゅん》、百合の記《き》憶喪失《おくそうしつ》を疑った。

昨晩、俺を呼び出したのはどこのどいつだ。

「そういえば平野さんは昨日、友成君のことをお世話していたと言っていましたね」

雛子が言う。

確かに昨日の朝、そんなことを勝手に言われた。

「そうよ。私が伊月の面倒《めんどう》を見ていたと言っても過言じゃないわ」

「それは過言だ」

素早く訂正《ていせい》させてもらう。

しかし――。

「過言だけど……実際、百合がいないとマズかった時は何度もあったな」

雛子たちがこちらを見る。

俺は過去を思い出しながら語った。

「高校生になってから、俺は毎日バイト漬《づ》けだったから、あまりクラスの集まりとかに参加できなかったんだ。そのせいで内心、皆によく思われてないいんじゃないかと不安だったんだが……案外、何事もなく馴染《なじ》むことができてな」

あの時の不思議な感触《かんしょく》は今も覚えている。

俺は家賃と食費、そして学費を稼《かせ》ぐために入学早々からバイトを入れていたのだ。そのせいでクラスの親睦会《しんぼくかい》にも参加できず、一年間の孤立《こりつ》を覚悟《かくご》していた。

だが実際、どういうわけか俺はクラスの皆に温かく迎え入れられた。

まるで、俺の抱《かか》える事情を分かっているかのように――。

「不思議に思ってクラスメイトに話を聞いたら、どうも百合がそれとなく俺の事情を皆に伝えてくれたらしいんだ。……俺が皆に受け入れられたのは、百合のおかげだよ」

高校一年生の時、俺と百合は同じクラスだった。

後で聞いた話によると、百合は親睦会の時、不参加だった俺について色々説明してくれたらしい。家庭の事情でどうしてもバイトを沢山こなさなくてはならないこと、そのせいで人付き合いが浅くなってしまうことなどを、ざっくりと伝えてくれたようだ。一方で俺の両親に関する細かな情報などは、訊かれても答えず、ちゃんとプライバシーに気を使った上で皆に俺の話を語ってくれた。

この話を聞いた時は、流石《さすが》に感動した。ちょっと涙《なみだ》が出た。

百合は俺の知らないところで、俺を支えてくれたのだ。

「ま、私としては当然のことをしたまでよ」

百合は非常に上機嫌《じょうきげん》な様子で言った。

「だって私は、伊月のお姉さんだからね！」

「同い年だろ」

胸を張ってドヤ顔する百合に、俺はお決まりの突っ込みを入れた。

「そういえば私、天王寺さんに訊きたいことあったんだけど」

「あら、なんですの？」

百合は分かりやすく話題を変えた。

「二ヶ月くらい前かな……伊月とゲームセンターにいたのって、天王寺さんだよね？　あの時と今は全然格好が違うから、最初気づかなかったけど……」

「ええ、そうですわね。わたくしで間違《まちが》いありませんわ」

「へーえ。……もしかして二人って、結構いい感じだったり……？」

「なっ⁉　べべべ、別にわたくしと友成さんは、そういう関係では……っ⁉」

天王寺さんが顔を真っ赤に染めた。

無言の、気まずい空気が流れる。

秒針の進む音だけが響《ひび》く中——雛子が口を開いた。

「ちなみに、私も友成君と同じゲームセンターに行きましたので」

「え」

雛子が柔らかい笑顔《えがお》で言うと、天王寺さんが呆気《あっけ》にとられた。

「ち、ちなみに、私も行ったぞ」

「え」

成香が恐る恐る言うと、雛子が呆気に取られた。

嫌な沈黙《ちんもく》が生まれる。

なんだかよくわからないが、三人のお嬢様たちの間で激しい火花が散っているような気がした。

「伊月……アンタ、私の知らないところでクズになったのね」

「クズ⁉」

「この変態クズ男」

酷《ひど》い言われようだった。

天王寺さんはともかく、雛子と成香は頼《たの》まれたから一緒に行っただけなのに……。

その時、成香が不意に視線をキョロキョロと動かした。

「あの……さっきから何かこう、いい匂《にお》いがしないか？」

「ああ、ちょっと料理の練習をしてたのよ」

「料理？」

成香が首を傾《かし》げる。

「百合は実家が大衆食堂で、本人も料理人を目指しているんだ」

そういえば百合の実家について知っているのは、この中だと俺と雛子だけだったと思い出し、補足する。

言われてみれば、酸味を含《ふく》んだ香《こう》ばしい匂いがした。

「パジャマパーティをするなら、お菓子《かし》くらい作っておけばよかったわね」

「お菓子も作るんだな……」

「ええ。まあお菓子は店ではあまり出さないし趣味《しゅみ》程度だけどね」

百合は謙遜《けんそん》しているが、お菓子作りも確かな腕前《うでまえ》だったと記憶している。

昔、作ってもらったことがあった。

「あら、あのミキサーはうちの商品ですわね」

「え、そうなの？」

キッチンの方を見て告げる天王寺さんに、百合は目を見開いて驚《おどろ》いた。

「あのミキサー、小型なわりに分解も楽で、手入れが簡単だから重宝してるのよ」

「開発者に言っておきますわ。苦心して設計されたものですから、きっと喜ぶでしょう」

天王寺さんは、まるで自分のことのように嬉《うれ》しそうに頷《うなず》いた。

実際、自分のことのように考えているのだろう。ミキサーというたった一つの製品に込められた開発者の苦心を知っているくらいだ。当事者意識が高いとでも言うべきか。

天王寺グループの喜びは天王寺さんの喜びでもある。

「にしても、妙《みょう》なところに繋《つな》がりがあるわね」

「天王寺グループはなんでもやっていますから、今みたいなのはそう珍《めずら》しくもありませんわよ？　あちらの冷蔵庫もうちの商品ですし」

「そ、そうなんだ……」

ミキサーが奇跡《きせき》的な例だと思っていた百合は、それが実は必然であることを知り、驚きを超《こ》えて戸惑《とまど》い始めていた。

「このくらいのホテルになると、見知った品が幾《いく》つもありますわね。……まあそれは此花雛子も同じでしょうけど」

天王寺さんが対抗心《たいこうしん》を滲《にじ》ませた瞳《ひとみ》で雛子を見る。

雛子は苦笑しながら頷いた。

「たとえば、このホテルで使われているベッドは此花グループのものですね」

「べ、ベッド……？　そういえばあれ、めちゃくちゃ寝心地《ねごこち》よかったけど……」

俺の部屋にあるベッドもやたら寝心地がよかった。恐らく個人向けには販売《はんばい》していないブランド品なのだろう。

「ちなみに、その、都島さんはそういうのは……」

「私の実家はただのスポーツ用品店だからな。残念ながら料理や宿泊施設《しゅくはくしせつ》に関わるものはあまり作っていない。……が、玄関に置いてあった白色のスニーカー。あれは平野さんのものだろうか？」

「あ、うん、そうだけど……」

「あれはうちの商品だ。元々私の家は競技用のシューズを開発していたが、最近は一般人向けのスニーカーも開発していてな」

「へ、へぇ、そうなの、ね……」

百合はもう何て返事をすればいいのか分からず、頻《しき》りに瞬《まばた》きをしていた。

「ファッションの多様化は、様々な業界で歓迎《かんげい》されていますわね」

「ああ。登山用の鞄が一般《いっぱん》受けするようになったり、釣《つ》り具《ぐ》メーカーがロゴの一新を切《き》っ掛《か》けにアパレル業界へ進出できたり。最近はこういう流れが多いからな」

「天王寺グループにあるアパレル系のファブレスメーカーによりますと、最近は――」

会話が高次元の領域に入ってしまった。

口をポカンと開けたまま硬直《こうちょく》している百合を見て、俺は深く頷く。

「分かるぞ、百合。俺《おれ》も最初はそんな反応してた」

「……アンタも苦労してるわね」

そうなんだよ……本当に、苦労しているんだよ……。

俺が貴皇学院で自然に振《ふ》る舞《ま》えるようになるまで、どれほど努力を重ねたか……。

「っと、失礼いたしました。話が脱線《だっせん》してしまいましたわね」

天王寺さんが謝《あやま》る。

まあ百合も、貴皇学院で普段《ふだん》行われている会話を知ることができたので、これはこれで新鮮《しんせん》な気分に浸《ひた》れただろう。

「あー……ところで私、此花さんにも訊きたいことがあったんだけど……」

百合が雛子の方を見て言った。

「実は今朝、伊月が此花さんの部屋から出て行くのを見ちゃったんだけど……あれって何をしてたの？」

「――っ」

唐突《とうとつ》に突きつけられた切っ先に、俺は絶句した。

見れば天王寺さんと成香も目を見開いている。

百合の奴《やつ》……まさか俺に訊くのではなく雛子に訊くとは。

パジャマパーティが終わった後、こっそり俺に訊いてくるのかと思っていたので完全に油断していた。動揺を押《お》し殺《ころ》すべく沈黙する。

しかし、雛子は後ろめたいものなんて一つもないとでも言いたげに微笑んだ。

「ああ、そういえばすっかり忘れていました」

雛子が立ち上がり、持参した鞄の中を探《さぐ》る。

そういえば雛子は何故《なぜ》か鞄を持って来ていた。

「友成君。こちら、お返ししておきますね」

そう言って雛子が取り出したのは――昨晩、俺が雛子の部屋で借りたノートだった。厳密にはルーズリーフのように端《はし》を切っているので、ノートというより紙束だが。

「今日は少し早めに起きてしまいまして。散歩しているところ、偶々《たまたま》友成君と会ったんです。友成君が少し勉強に悩《なや》んでいる様子でしたので、相談に乗っていました」

「……確かに、これは伊月の筆跡《ひっせき》ね」

雛子から受け取ったノートの切れ端を、百合が覗《のぞ》き見る。

お前……俺の筆跡まで分かるのか。

「ま、まあ、友成さんは此花雛子の家で働いているわけですし、そういうこともあるかもしれませんわね」

「そ、そうだな。仕事の都合で一緒に行動することもあるだろうし……」

天王寺さんと成香が、焦《あせ》った様子で言った。

心なしか、自分に言い聞かせているようにも見える。

「……本当に？　なんか違和感《いわかん》あるんだけど……うーん……」

唯一《ゆいいつ》、百合だけが釈然《しゃくぜん》としていない素振《そぶ》りをみせた。

これ以上、根掘《ねほ》り葉掘《はほ》り訊かれるとボロが出てしまいそうで怖《こわ》い。一先《ひとま》ずこの場から退いた方がいいと判断した俺は立ち上がった。

「あー……その、飲み物とか欲《ほ》しくなってきたよな？　俺、買ってくるよ」

返事もろくに訊かず、俺は百合の部屋から退散した。

◇

（……逃げたわね）

伊月が出て行ったドアを、百合は真《ま》っ直《す》ぐ睨《にら》む。

逃げるということは後ろめたい事情があるということだ。今の伊月からは、叩《たた》けばまだまだ何かが出そうな雰囲気を感じる。

「友成君は、以前通っていた学校ではどのような人だったのですか？」

ベッドに腰を下ろす雛子が訊いた。

あまり表に出してはいないが、この少女を見る度に女子力というか人間力というか、色んな差を感じて挫《くじ》けそうになる。端整《たんせい》な目鼻立ちといい品のある所作といい、百合の中にある貴皇学院のイメージを丸ごと体現しているような少女だった。

百合は複雑な胸中をひた隠《かく》し、「そうねぇ」と過去を回想する。

「伊月は別に、クラスの中心人物って感じじゃなかったわね。……でも人望はあったわ」

お嬢様たちが、興味津々《きょうみしんしん》といった顔つきをした。

「毎日頑張《がんば》っているのが目に見えて分かったからね。平日も休日も一生懸命《いっしょうけんめい》バイトしていて、勉強もそこそこ頑張ってた。人付き合いは悪くなっちゃったけど、皆、伊月のことを嫌《きら》うことはなかったわ。……正直に言うと、私が根回ししなくても、いずれ伊月は皆に理解されてたと思う」

過去の光景を思い出した百合は、懐《なつ》かしい気持ちと共に語った。

「実直な性格だから、伊月は色んな人に信頼《しんらい》されていたわ。それに伊月ってお人好《ひとよ》しだから、誰《だれ》かの相談を受けることも多かった」

「確かにお人好しですね」

「お人好しですわね」

「ああ、お人好しだ」

お人好しの評価に対する同意が凄《すご》い。

あの男、貴皇学院でも色んな人に親切な振る舞いをしているようだ。

「……まあ、そんなお人好しだからこその問題もあるんだけどね」

そう告げると、お嬢様たちは目を丸くした。

どうやら心当たりが全くないらしい。

（……この三人は信頼できそうだし、話しちゃってもいいかな）

少し込み入った話になるが、百合は話してもいいと判断した。実家の客商売を長年手伝ってきた百合は、人を見る目には自信がある。

三人とも伊月のことを信頼しているのは十分感じた。

この三人は、伊月を敢《あ》えて不幸にする人間ではない。

「伊月って、高一の時にクラスメイトの女子に告白されてんのよ」

「「えっ」」

「まあ、その告白は断ったんだけど」

美麗《みれい》と成香が安堵した。

その反応に百合は違和感を覚える。しかし雛子の表情は何も変わっていなかった。どの角度から見ても人当たりのいい笑《え》みを浮《う》かべているその顔を見て、百合は一先ず違和感の件は頭の片隅《かたすみ》に置いておき、話の続きを優先する。

「ただ、その告白の断り方が少し話題になっちゃったのよね。……告白が行われた一ヶ月くらい前かな。伊月の父親が体調不良でしばらくお金を稼げなくなって、そのせいで伊月が普段よりずっと忙《いそが》しくなった時期があるのよ」

雛子たちは真剣《しんけん》な面構《つらがま》えで百合の話を聞いていた。

ああ、やっぱりこのお嬢様たちは伊月のことを真面目に考えてくれているんだな、と百合は思う。――そんな彼女《かのじょ》たちだからこそ、この話は聞いてほしい。

「伊月はお人好しだからさ、両親にご飯を食べさせるために一生懸命働いたみたい。でもやっぱり体力や時間には限界はあるの。……伊月の場合、その限界は自分自身に向いちゃうのよね」

「自分自身に……？」

雛子が怪訝《けげん》な顔をした。

「伊月が忙しくなった時と同じタイミングで、さっき言ったクラスの女子が伊月のことを好きになったの。……その子、考えてることが凄く態度に出やすいタイプだったから、誰がどう見ても伊月のことを好きなのが丸わかりだったのよね。まあ本人も、伊月に意識してもらうためか隠しているつもりはなさそうだったけど」

やたら伊月と目を合わせようとするわ、やたら伊月と二人きりになろうとするわ、あの行動のどこまでが打算でどこまでが天然なのかは百合の知るところではない。ただ、その子は決して性悪《しょうわる》な女ではなかった。だからクラスの皆も不可侵《ふかしん》を誓《ちか》ったのだ。この恋愛は健全で、伊月を不幸にはしないだろうと思って。

「でもね。いざその子が伊月に告白した時……伊月は、その子の気持ちに全く気づいていなかったみたい」

伊月以外の全員が気づいていた。なんなら隣《となり》のクラスの生徒まで気づいていたのに、彼女の好意に一番近い伊月だけはそれに全く気づいていなかった。

「伊月は、誰かのために一生懸命になれるお人好しなの。でもその一方で、自分のことを疎《おろそ》かにする癖《くせ》がある。……家庭環境《かんきょう》の影響《えいきょう》もあるんでしょうね。幼い頃《ころ》から色んなことに耐えてきた伊月は、自分が幸せになる未来をイメージしにくいのよ。だから伊月って自分から贅沢《ぜいたく》をしたいなんて考えないし、ぐーたら休もうとも思わない。恋愛に関しても鈍感《どんかん》になっちゃう。まさか自分が人並みの青春なんて……ってね」

多分、伊月はこれを自覚していないだろう。いや、自覚していたとしても直すのは難しいかもしれない。何故《なぜ》なら誰かのために一生懸命になるというのも別に間違った行動ではないからだ。伊月の性格上、自覚してもその上で同じことをする気がする。

「だ、か、ら！　私が仕方なく伊月の面倒を見ていたのよ！　お姉さんとしてね！」

幼馴染《おさななじ》みの百合だけは、昔から伊月にはこの傾向《けいこう》があると見抜《みぬ》いていた。だから伊月が知らない間に、こっそりクラスメイトたちに根回ししていたのだ。

どうせ伊月は自分のことを疎かにするから、それなら誰かが代わりに見てやらねばならない。百合はその役を買って出た。

一通り話したところで百合はお嬢様たちの様子を窺《うかが》う。

お嬢様たちは……沈痛《ちんつう》な面持《おもも》ちで沈黙していた。

「えっと……あれ？　ごめん、もしかして暗くしちゃった？」

伊月の欠点というか、伊月も完璧《かんぺき》な人間ではないということをそれとなく伝えるだけのつもりだったが、三人のお嬢様は予想以上にこの話を深く受け止めていた。

それだけ伊月のことを大事に想《おも》ってくれているのか。

それとも——大事という表現では物足りないくらいの特別な感情を持っているのか。

（……そういえばさっき、天王寺さんと都島さんの反応が妙だったわね）

伊月が告白されたと話した時、この二人は明らかに動揺していた。しかもその後、告白は断ったと告げた時、二人は明らかに安堵《あんど》していた。

百合が二人の心境について考えていると、部屋のインターホンが鳴る。

ドアを開けると、コンビニの袋《ふくろ》を手に提《さ》げた伊月がいた。

「ただいま。……ってなんだこの空気。何か話してたのか？」

「伊月が高一の時、告白されたって話をしてたのよ」

「おい」

勝手になんてことを話すんだ、と伊月は軽く怒《おこ》ったフリをした。

実際は微塵《みじん》も怒っていないことを百合は理解している。伊月にとってこの件は終わったことであり、怒ったフリをしたのは、告白された過去に注目されている現状を気恥《きは》ずかしく感じたからだ。

「結局、伊月はどう言って断ったんだっけ？」

「……家が大変だから巻き込みたくないって言って断ったんだ」

「なるほどね。……今更《いまさら》なんだけど、その子、好みではあったの？」

「いや、どうだったかな。自分の中ではもう断るって決めていたから、あんまりそういうことを考えるのも不誠実な気がして……」

伊月らしい考え方だった。

「ていうか、伊月の好みってさ——」

と、そこまで口にしたところで百合は三人のお嬢様を一瞥《いちべつ》した。

美麗と成香は明らかに緊張した面持ちで話の続きを待っていた。

雛子の表情はやはり何も変わっていない。興味がないのか、それとも……興味がないように装《よそお》っているのか。

（ふーん……）

お嬢様たちの胸中を、百合は推《お》し量《はか》る。

「……これはお姉さんとして、ちょっと調べた方がよさそうね」

「？　なんだよ？」

伊月は不思議そうな顔で首を傾げた。

三章　◆　幼馴染み調査隊

パジャマパーティの翌日。

午前六時。まだ早朝と言える時間帯だが夏なので空は明るく、百合《ゆり》はこの日も爽《さわ》やかな気分で軽井沢《かるいざわ》を散歩していた。百合にとって軽井沢は何度も来られる場所ではない。この特別な環境を少しでも長く、丁寧《ていねい》に味わいたいという気持ちがあった。

ホテルへ帰ろうとした時、前方で見覚えのある少女が歩いていることに気づく。

百合は早足になって彼女に近づき、声を掛けた。

「都島《みやこじま》さん？」

「っ⁉　ひ、平野《ひらの》さんか」

成香《なりか》がこちらを振り向いた。

照りつける朝日が汗《あせ》ばんだ肌《はだ》を輝《かがや》かせている。艶《あで》やかな黒髪《くろかみ》がなびき、真っ白な顔がこちらを向いた時、静かだが確かな品を宿すサファイアのような美しさを感じた。

しかしそんな成香は今——物凄《ものすご》く強張《こわば》った顔をしていた。

まだ出会って日も浅い。緊張が解けていないのだろう。

こういう時は、気にしないことが大切だ。百合は平気な様子で話しかける。

「都島さんも散歩？」

「い、いや、私はランニングだ。ここは涼《すず》しいから、走りやすいと思って……」

だからスポーツウェアだったのか。どうりで散歩にしては本格的な格好だと思った。軽く汗をかいているから、先程まで走っていたらしい。

……好都合ね。

百合は早速《さっそく》、昨晩決めたことを——お嬢様《じょうさま》たちが伊月《いつき》のことをどう思っているのか訊《き》かなくてはならないという使命を果たすことにした。

「そういえば、パジャマパーティの時は私と伊月の話ばかりで、都島さんのことをあまり聞けなかったわね」

「わ、私の話か？　私はでも、別に面白《おもしろ》いことなんて何も……」

「昔、伊月が都島さんの家に行ったんでしょ？　その時の話とか聞かせてよ」

「あ、ああ！　それならいいぞ！　いくらでも話せる！」

成香の表情が途端《とたん》に明るくなった。

ゆっくり歩きながら、成香は過去を語る。伊月が家に来てくれたこと、その時の自分は今よりずっと臆病《おくびょう》だったこと、そんな自分を伊月が引っ張ってくれたこと――。

「へー！　伊月がそんなことを！」

「ああ。伊月のおかげで、私は外の世界を知ることができたんだ」

駄菓子屋へ連れて行ってくれたエピソードを聞いて、百合は少し感動した。

伊月め、意外とやるじゃん。

成香はキラキラと目を輝かせながら伊月との思い出を語っていた。それを聞いて、百合も幼馴染みとして誇《ほこ》らしい気持ちになる。

「どう？　緊張は取れた？」

「え？　……あっ、い、言われてみれば……」

いつの間にか成香の強張っていた顔は、年頃《としごろ》の少女らしく柔《やわ》らかくなっていた。

「普段はもっと怖がられることが多いんだが……平野さんは話しやすくて助かる」

「ありがと。まあ自分の好きな話題だと緊張も取れやすいわよね」

「そうだな」

成香はすっかり落ち着いた様子で頷いた。

今、完全に伊月のことを話していたが、それを堂々と自分の好きな話題だと肯定《こうてい》してもいいのだろうか？　……無自覚に言っちゃったんだろうなぁ、と百合は思う。

「平野さんは、当時から既《すで》に伊月と仲が良かったんだな？」

「そうね。私は小学一年生の時からの付き合いだから、あの頃だと既に五年くらいの付き合いになるわ」

「そうか。……私よりも歴史が深いんだな」

歴史なんて仰々《ぎょうぎょう》しい言い方をする辺り、成香が伊月との関係に特別な感情を抱《いだ》いているのは明らかだった。

当時のことは百合も覚えている。

ある日、いきなり伊月が母親と一緒《いっしょ》に家出したのだ。それまで友成《ともなり》家は家計こそ苦しそうだったが、家族の仲はそこまで悪くなかったと思っていたので意外な出来事だった。

学校は休んでいなかったので、都島家に送《おく》り迎《むか》えをしてもらったのだろう。放課後になると伊月はすぐに教室を出て帰路に就《つ》いていた。何故そんなに急ぐのか、何か用事でもあるのかとあの頃は疑問だったが、どうやら成香のお世話をしていたらしい。

家出が終わった後の伊月に話を聞くと「めちゃくちゃ大きな家に泊《と》まっていた」「女の子と一緒に暮らしていた」「でも最後に凄く怒られた」と説明された。最後のエピソードでよほどショックを受けたのか、伊月はあまり細かく語ろうとしなかった。

自分の知らない伊月の話を聞くのは久々だった。

楽しい気持ちと…………ほんのり、複雑な気持ちが湧《わ》く。

「私は、今も昔も伊月に面倒をかけっぱなしだ。でも、平野さんはそんな伊月を支えてあげていたんだな」

「まあ、そうね。料理も作ってあげてたし、背が同じくらいの頃は服のお下がりとかもあげてたし、勉強も教えてやったし」

「勉強も教えていたのか」

「ええ。バイトで疲《つか》れているせいか、授業に集中できていない日も多かったから。放課後によく教えていたのよ。もう本当に、色々お世話してやったわ」

気づけば百合は、無意識に得意げな顔をしていた。

そんな百合の話を聞いて、成香は素直《すなお》に驚く。

「伊月はどちらかと言うと、自分のことは自分でするタイプだと思っていたから、少し意外だな」

そんな成香の言葉に、百合は昔のことを思い出した。

「……あいつ、昔は本当に余裕《よゆう》がなかったからね」

あの頃を考えれば、今はだいぶマシになったものだ。

「ところでさ。ぶっちゃけ、都島さんは伊月のことをどう思ってんの？」

「んっ」

百合の不意打ちに、成香は立ち止まって分かりやすく動揺《どうよう》した。

「い、いや、別にその、これといって何かあるわけでは……」

「正直に話してくれたら、アドバイスとかもできると思うんだけどな～？」

百合はニヤニヤとした笑みを浮かべながら、成香の顔を覗き見た。

しばらく俯《うつむ》いた成香は、やがて意を決したように口を開く。

「じ、実はその……伊月のことは、少なからず好意を抱いているというか……」

やっぱり――。

パジャマパーティの時からきっとそうだと思っていたのだ。

「どこまで進んだの？」

「ど、どこまでって、言われても、まだ何も……あ、でも少しは伝えたというか」

「詳《くわ》しく」

思ったよりも進んでいそうなので、百合はつい食いつくような反応をみせた。

一見恐《おそ》ろしそうに見えて実は繊細《せんさい》な心の持ち主。それが都島成香という人物なのだろうと百合は考えていた。が、思ったよりも積極的なのかもしれない。

「伝えたと言っても、まだはっきりとしたことは何も伝えていないんだ。ただ、なんていうか、その……き、気になってる宣言は、したんだ！」

「気になってる宣言……？」

「つまり、私が伊月のことを、特別に考えていることだけは伝えたというか……」

「……え、それってもう告白したってこと？」

「い、いや！　まだそこまでの意味ではないというか！」

成香は頬《ほお》を紅潮させて、ぶんぶんと首を横に振った。

煮《に》え切らない。恐らく成香の性格を考えると、今のペースでも本人にとってはだいぶ早い方なのだろう。

「でも、そこまで伝えているなら、後はもっと距離《きょり》を詰《つ》めるだけなんじゃない？」

「……それについては、少し悩んでいる」

成香は視線を下げ、言った。

「昨日、平野さんが話してくれたことが頭から離《はな》れないんだ。……伊月は今、忙しいと思うし。私が余計なことをして邪魔《じゃま》にならないだろうか」

成香が吐露《とろ》した悩みを聞いて、百合は「しまった」と思った。

それは考え過ぎだ。

「ごめん、昨日は紛《まぎ》らわしい話をしちゃったかもね。……私が思うに、多分そこまで気にしなくていいわよ」

「……そうなのか？」

「伊月のお人好しは直せるものじゃないと思うし。大体私たちが気を使ったところで、どうせあいつは勝手に色んなものを背負っちゃうわよ」

成香は「確かに」と口では言っていないものの、納得《なっとく》した顔つきをした。

貴皇学院《きおうがくいん》での伊月のお人好しっぷりが窺える。

「それにさ、きっと都島さんも、伊月のそういうところが気に入ったんじゃない？」

「う……ま、まあ、そうだな」

「だったら、あのお人好しを問題と捉《とら》えるのも違《ちが》う気がするし。……とにかく、都島さんはもうちょっと積極的になってもいいと思うわ」

百合の意見を聞いた成香は、短く「そうか」と頷いた。

自分の中に芽生えた感情よりも、伊月のことを優先しようとしている。……この少女も伊月に負けず劣《おと》らずのお人好しではないだろうか。

「それに、もし伊月が苦しそうだったら、私がサポートするしね！」

「サポート……？」

「言ったでしょ。私は伊月のお世話をしていたって。……昔から、あいつのお人好しを支えるのは私の役目よ。伊月がキャパオーバーしそうなら、私がなんとかするわ」

だって私は、伊月のお姉さんなんだから――。

決め台詞《ぜりふ》は心の中で唱えた。

伊月が突然《とつぜん》学校を去ってから凡《およ》そ四ヶ月。気まずい時期だったが、これからはまた今まで通り頻繁《ひんぱん》に連絡《れんらく》を取り合うこともできるだろう。

きっと、目の前の少女の力にもなれるはずだ。

「で、でも具体的に、どうやって距離を詰めればいいんだろうか……」

「えっ……そ、それは、うーん……」

その質問をされて、百合は今更ながら気づいた。

――どうすればいいんだろう。

百合は伊月には詳しいけれど、恋愛《れんあい》には詳しくなかった。

伊月には言ってないが……これでもクラスの男子に言い寄られたり、実家のバイトに来た男子にアプローチを受けたりした経験はある。しかし恋愛関係へ発展させるにはどうにも違和感があり、全て断ってきた。

なので、自分から距離を詰める方法には詳しくない。

しかしそれでも成香よりは詳しい気がした。百合は偶《たま》に読んでいる少女漫画《まんが》や、友人にされた恋愛相談を思い出し、何か使えそうなテクニックはなかったか考える。

「……………………壁《かべ》ドン、とか?」

「壁、ドン?」

「こう、相手を壁際に追いやって、片手で壁を押さえながら顔を近づけるというか……」

「……そういう技があるのか」

それを技と表現している時点で上手《うま》く伝わった自信はないが、百合も壁ドンには詳しくないのでこれ以上の説明はしないでおいた。

「あとは、当たり前過ぎるかもしれないけど、会話を増やしたらいいと思うわ」

これはきっと正しいアドバイスだろうと思った。

見てくれは中学生……下手したら小学生の百合だが、今や華《はな》の女子高生。耳から入ってくる色恋《いろこい》の話は年々増しており、多少の経験不足は想像力で補える。

「か、会話か。正直、苦手分野だな……」

「会話じゃなくてもメッセージのやり取りでいいんじゃない? お嬢様の常識には疎《うと》いけど、スマホにそういうアプリくらいは入れてるでしょ?」

「そ、そういうものがあるのは知っているんだが……」

成香は苦々しい顔で言った。

「……伊月とは、電話番号もメールアドレスも交換《こうかん》していないんだ」

「…………………ええ」

これだけ仲良くしているように見えたのに、まだしていなかったのか。

もっとも、これに関しては恐らく伊月にも原因がある。

伊月は去年からスマホを持っていたが、その目的はバイトで業務連絡をするためだけだったので、安価で性能も悪かった。だから伊月には、友人とコミュニケーションを取るためにスマホを使う習慣がない。連絡先《れんらくさき》を交換するという発想が出にくいのだろう。

「じゃあ、まずはそこからかもね」

「ああ……。平野さん、ありがとう。その、頑張って一歩踏《ふ》み出《だ》してみようと思う」

「ええ。いい報告を期待しているわ」

貴皇学院に通っているようなお嬢様の一助になれたなら光栄である。

「あ、あの、平野さん！」

立ち去ろうとした百合を、成香が呼び止めた。

「その、平野さんは、伊月のことをどう思ってるんだ？」

「私？」

成香は不安げな顔をしている。

その様子に百合は思わず微笑《ほほえ》んだ。

「私は伊月のお姉さんだから、そういう気持ちはないわよ」

「そ、そうか……！」

笑って言ってやると、成香は安心したように緩《ゆる》みきった笑みを浮かべた。


もう少しランニングを続けると言って、成香は走り出した。

その背中が見えなくなるまで立ち止まっていた百合は、先程《さきほど》からずっと堪《こら》えてきた感情を遂《つい》に堪えきれなくなり、しゃがみ込《こ》む。

（えーーー!!　ちょっと待って！　あの二人、そんなに進んでたの!?）

思ったより一歩も二歩も進んでいた。

そもそも百合は「もし伊月に気がありそうなら背中を押してあげようかな」程度にしか考えていなかった。しかし蓋《ふた》を開けば気があるどころではなく普通《ふつう》に好きで、更《さら》にアプローチも仕掛《しか》けた後のようだった。

（なによ、伊月の奴。……隅《すみ》に置けないわね）

まさか貴皇学院のお嬢様にここまで好意を抱かれているとは。

幼馴染みとしても鼻が高い。だが、決して不思議なことではない。

伊月は雛子《ひなこ》と出会えたことを「奇跡《きせき》みたいなもの」と言っていたが、百合はそう思っていなかった。

親の夜逃《よに》げに気づいた直後にも拘《かかわ》らず、学生証を落とした見ず知らずの少女を助けようとする人間が、果たしてこの世の中にどれほどいるだろうか。

幼馴染みの百合だからこそ分かる。

伊月が今、貴皇学院に通っているのも、お嬢様たちから好意を寄せられているのも、全て伊月自身の実力によるものだ。奇跡ではない。

――平野さんは、伊月のことをどう思ってるんだ？

ピタリと足を止める。

頭の中で、成香に告げられた言葉が反芻《はんすう》した。

弾《はず》むような気分は一瞬《いっしゅん》で消失する。

（私は……別に何も、思ってない）

誰かに宣言するわけでもなく、自分に言い聞かせるかのように心の中で呟《つぶや》いた。

頭上には木々の枝葉の天蓋《てんがい》がある。その隙間《すきま》から差し込む光が妙に眩《まぶ》しく感じた。胸中の片隅に押しやった感情が無理やり照らされてしまうような、鬱陶《うっとう》しい気持ちになる。

「さ！　次は天王寺《てんのうじ》さんにお話を聞かなきゃね！」

頭を振って気を取り直した百合は、誰かに見られているわけでもないのに作った笑みと共に歩き出した。

◇

バイト終わりの帰り道。百合は穏《おだ》やかな夜風に涼しさを感じながら、外を歩いていた。

百合が定めた次の標的は美麗《みれい》だった。しかしどうやら彼女は勤勉な性格らしく、夏期講習の間は勿論《もちろん》、自由時間も部屋で勉強することが多かった。

今日はもう話しかけるチャンスはないかな……そう思った矢先。

百合は、ベンチに腰《こし》を下ろして空を眺《なが》める美麗を発見した。

「天王寺さん」

声を掛けると、金髪《きんぱつ》縦ロールのお嬢様が振り返る。

奇抜《きばつ》な髪型《かみがた》だが、更に奇抜なことにそれが似合っていた。降り注ぐ儚《はかな》い月明かりが、美しい金色の髪《かみ》に溶《と》け込んでいる。

「あら、平野さん。バイトはもう終わったんですの？」

「うん。天王寺さんは何してたの？」

「空を見ていたのですわ。ここは星が綺麗《きれい》に見えますから」

頭上に広がる星空を眺めながら天王寺さんは言った。

優雅《ゆうが》な人だと百合は思った。ただの女子高生が空を見ているなんて発言をしたら「なに気取ってんの？」の一言で笑われてしまうところだが、このお嬢様が口にするととても様になっていると感じる。

「そういえば私、天王寺さんに訊きたいことがあって」

「訊きたいことですの？」

「うん。パジャマパーティの時に話せなかったことなんだけど……」

さて、どう切り出すか。

百合は頭を回転させる。

そんな百合に対し、美麗は優《やさ》しく微笑んだ。

「知りたいのはわたくしのことですの？　それとも、友成さんのことですの？」

その問いかけに百合は目を丸くした。

しかしすぐに、観念したように肩《かた》を竦《すく》める。

「両方、かなぁ。……なんで私が伊月のことを訊きたがっているって分かったの？」

「わたくしに兄弟はいませんが、もしわたくしが姉なら、弟のことはいつも心配するでしよう。できれば本人からではなく第三者からも話を聞きたいと思いますわ」

「……お見通しかぁ」

「平野さんは、友成さんのお姉さんみたいですからね」

百合がお嬢様たちに訊きたいことは二つだった。

一つは、伊月のことをどう思っているのか。

そしてもう一つは、伊月がちゃんと学院で上手くやっていけているか。

成香には前者しか訊けていない。後者も尋《たず》ねようと思ったが、前者の質問で成香の頭はいっぱいいっぱいになっていたようなのであれ以上の質問が憚《はばか》られた。

「わたくしは、友成さんのご友人である貴女《あなた》のことを信用しています。聞きたいことが御《ご》座《ざ》いましたらなんでもお話しいたしますわ」

美麗にそう告げられた時、百合の胸中に形容し難《がた》い嬉《うれ》しさが込み上げた。

これほど品格に満ちた相手から面と向かって信用を注がれると、ある種の快感すら覚える。ぶるっ、と百合の身体が震《ふる》え、肌が粟立《あわだ》った。

「……伊月、信頼されているのね」

「友成さんは、悪い人と仲良くなれるタイプではないので」

「違いないわ」

正しい理解だ。百合は思わず笑ってしまう。

伊月は悪事を働く人を見たら、やんわりと「それは駄目《だめ》なんじゃないか？」と伝えるような性分《しょうぶん》である。悪事を働く人たちも伊月が傍《そば》にいるとさぞ居心地《いごこち》が悪いだろう。

伊月のことを理解しているこの少女が相手なら、自分も全面的に信用していいだろう。

百合は一切《いっさい》の不安を捨てて本題を切り出した。

「どう？　伊月、ちゃんとやっていけてる？」

「ええ。まったく問題ありませんわ。なにせこのわたくしが、一時とはいえ本当にただの、貴皇学院の生徒だと感じた相手ですもの」

美麗の発言の意味を、百合はすぐに理解した。

身分も経歴も偽《いつわ》っている伊月は、弛《たゆ》まぬ努力で貴皇学院の生徒として振《ふ》る舞《ま》っている。

その努力は一時とはいえ、美麗の目を騙《だま》すほどのものだったのだろう。

「そっか、ならよかった。まあ貴皇学院って凄く治安がいいイメージだし、パシリとか虐《いじ》めとかそういうものもなさそうだもんね」

「パシリ……というのが何かは分かりませんが、虐めは恐らくないですわね。代わりに家《いえ》柄《がら》による圧力が生まれることはありますが、友成さんはそれも上手く避《さ》けていますわ」

パシリの意味が伝わらない辺り、本当に治安がいいのだろう。

「ふーん。あいつ、意外と器用に立ち回ってんのね」

「そうですわね。特にここ最近は頑張っているみたいですわよ」

それは競技大会が開催《かいさい》される前のこと。成香の友達作りに協力していた伊月は、その過程で自分自身の学院内の評判に気づき、改善を試みた。

美麗はその改善に気づいていた。――見れば分かる。最初は雛鳥《ひなどり》のように右往左往していた伊月が、気づけば周囲から注がれる視線を察した上で行動するようになったのだ。周りを見るという点では今も昔も変わらないが、意味はまるで異なる。貴皇学院という環境にどこか怯《おび》えていた伊月は、今や学院の名誉《めいよ》に相応《ふさわ》しい人物になるべく邁進《まいしん》していた。

貴皇学院の生徒は将来、経営者や政治家になって人の上に立つことが多い。人の上に立つということは人から注目されるということだ。だから美麗たちのような上流階級の子女は、幼い頃から親や教師によってその意識を磨《みが》かれている。

伊月がその意識を手に入れたのは大きい。いよいよ本格的に、貴皇学院の生徒として何処《どこ》に出しても恥《は》じない人物になってきた。勿論まだ知識が浅いところはあるものの、小さな社交界では決してボロを出さない程度に成長している。

「友成さんは……本当に、努力家ですわ」

伊月の成長を、美麗は自分のことのように喜んでいた。

そんな美麗を見て、百合は口を開く。

「天王寺さんって、伊月のこと好きなの？」

「ふぁぇ――――っ!?」

変な声が出た。

「な、な、な、何を急に、お馬鹿なことを……っ!?」

「あ、えっと、ごめん。なんか天王寺さんが相手だと、ついストレートに言ってしまうというか、遠回しの言葉じゃなくてもいい気がして……」

「わたくしだって動揺くらいしますわっ！」

そう感じさせないくらい堂々として見えたのだ。

「コホン。……ま、まあ、少なからず好感は抱いていますわね」

天王寺さんはわざとらしく咳払《せきばら》いして言った。

微《かす》かに頬が赤色に染まっている。……それで誤魔化《ごまか》せると思っているのだろうか。

「詳しく教えてくれたら、何かいいアドバイスができるかもしれないわよ？　これでも私は伊月のお姉さんだから、伊月には詳しいしね」

「う……っ」

美麗の表情に迷いが過《よぎ》る。

その顔をした時点で、美麗が何かを抱《かか》えていることは明らかだった。しかし成香と違って気が強いのか、悩《なや》みこそすれどなかなか白状しようとしない。

なので、畳《たた》みかけることにした。

「貴皇学院の人よりも、私くらいの距離感の方が相談相手にしやすいんじゃない？」

「うう……っ」

「悩み事を一人で抱えてもいいことないわよ？　夏期講習にも集中したいんでしょ？」

「あう……っ」

もはや先程感じた気品は見る影《かけ》もなかった。

普通の少女らしい……いや、普通の少女よりも遥《はる》かに初心《うぶ》で繊細な反応をする美麗を見て、百合はどこか微笑ましい気持ちになる。

「…………………時折、不安に感じることがありますの」

美麗は静かに吐露する。

「わたくしは見ての通り目立つ外見をしていますし、外見を抜《ぬ》きにしても目立ちやすい生まれ育ちをしていますわ。ですから、近しい相手には気を使う必要があります。わたくしの傍にいると、どうしても一緒に目立ってしまいますから」

伏《ふ》し目《め》がちに吐《は》き出された悩みを、百合は真摯《しんし》な表情で聞き続けた。

「そして……友成さんは恐らく、目立つことが好きなタイプではありませんわ」

これは庶民臭《しょみんくさ》いとかではなく、単に本人の生まれ持った性分だろう。

貴皇学院では少数派だが、いないわけでもない。どこの社会にもいわゆる裏方タイプというのは存在するものだ。伊月の場合、必要に駆《か》られて人前でもしっかり振る舞えるよう鍛《きた》えてはいるが、本心ではあまりそういう機会を求めていないように見える。

「えーっと、つまり天王寺さんは、自分が一緒にいることで伊月が窮屈《きゅうくつ》に感じていないか不安ってこと？」

「そういうことに、なりますわね」

今時珍《めずら》しいくらいの純粋《じゅんすい》な恋愛だった。成香もそうだったが、美麗もまた自分の事情ではなく相手の——伊月のことを考えて一歩を踏み出せずにいる。

それなら、アドバイスの方向性は単純だ。

成香の時と同じく、背中を押《お》すだけでいい。

「伊月は確かに目立つことが好きなタイプじゃないけど、だからといって拒《こば》むこともないと思うわ。必要なら目立つこともするし」

「……ですが、わたくしのせいで友成さんにとっての必要なことが増えるのは、やはり負担になってしまうのではないかと」

「あー……なるほど」

その不安は一理あると思った。

「それに、パジャマパーティで平野さんが仰《おっしゃ》っていたことを考えると、やはり友成さんに
はこれ以上の負担をかけるのは申し訳ないですわ」

成香と同じようなことも考えているらしい。

一通り吐き出された悩みを頭の中で整理した百合は、順を追って意見を述べる。

まずはパジャマパーティでの話について。

都島さんにも言ったんだけれど——という前置きは意図的に省いた。

「誤解させたみたいでごめんね。気を使うのはいいけれど、どのみち伊月は勝手に忙《いそが》しく
なるタイプだから、負担にならないようにって考えだといつまでたっても関係が変わらな
いと思うわ。まあ感謝はされるでしょうけど……」

美麗は小さく頷《うなず》いた。

ただの感謝が欲《ほ》しいわけではないだろう。

「それと、天王寺さんが近くにいると目立つかもしれないって話だけど、これについては
直接訊くのが一番いいかもね。伊月はそういうことは誤魔化さずに答えると思う」

「そう、ですわね。……やはり直接訊くのが一番ですわね」

美麗も似たような結論に至っていたのか、首を縦に振る。

大したアドバイスはできなかったが、これで美麗のお悩み相談は終了《しゅうりょう》だ。美麗はまだ不安が残っているようだが、やるべきことをはっきり決めた以上、彼女《かのじょ》なら遅《おそ》かれ早《はや》かれ行動に移すだろうと百合は思った。

「でも、正直意外かな。天王寺さんってもっと堂々としているイメージだったけど、そういうことで悩むんだね」

「……わたくしも所詮《しょせん》、人の子。臆《おく》することもありましてよ」

あまり弱音を吐かないタイプなのか、美麗は悔《くや》しそうな顔をする。

「ましてや、その、こういう問題は初めて経験しますし……慣れていませんわ」

「へぇ。てっきり天王寺さんくらいになると、色んな恋愛経験があるんじゃないかって思ったけど、そうでもないのね」

百合は意外そうに言う。

すると美麗は、悟《さと》ったような目つきで告げた。

「……家名が大きいと、難しい話も増えるのですわ」

百合は漠然《ばくぜん》と、その言葉に込められた苦悩《くのう》や葛藤《かっとう》を感じた。

「お嬢様も大変なのね」

「ええ。政略結婚《けっこん》とまではいきませんが、完全な自由恋愛もまた現実的とは言えない立場ですわ。……まあ、わたくしの場合は自縄自縛《じじょうじばく》に陥《おちい》っていただけですが」

後半の発言の意図が分からず、百合は首を傾《かし》げた。

美麗の場合――両親には自由に生きることを推奨《すいしょう》されているため、自由恋愛も特に問題なかった。ただし美麗は、つい最近まで天王寺グループの令嬢《れいじょう》として生きる意識が過剰《かじょう》だったため、自由恋愛を自らの意志で封《ふう》じていたのだ。将来は天王寺家の令嬢に相応しい相手と結ばれるべきであり、自分の意思は関係ないと本気で思っていた。

美麗にとって今までの自縄自縛の日々は、歪《いびつ》であることを認めつつも、一つの思い出としてある種の尊さすら感じていた。なにせそのおかげで伊月と出会えたのだから、自縄自縛も案外悪くない。長い間、硬《かた》い殻《から》の中で蹲《うずくま》っていたからこそ、その殻を破っても傍にいたいと思える相手と出会えたのだ。

「……相談に乗っていただき、感謝いたしますわ」

美麗は深々と頭を下げた。

「うん。これからも何か困ったことがあったら言ってね」

「ええ。ですが、この辺りにさせていただきますわ」

ん？　と首を傾げる百合に、美麗は言った。

「わたくしは天王寺美麗。いずれ天王寺グループを背負う、高貴な令嬢。──故に、わたくしが弱音を吐くのはここまでですわ」

いつの間にか霧散《むさん》していた威厳《いげん》が蘇《よみがえ》った。

「今日のことは、くれぐれもご内密にしてくださいまし」

「は、はい……」

人差し指を唇《くちびる》の前で立てる美麗に、百合は緊張《きんちょう》しながら頷いた。

美麗の瞳《ひとみ》には、いつもの気炎《きえん》が込められていた。

天王寺さんに関しては、背中を押す必要なんてなかったかもしれない……百合はそう思う。美麗は、自分は完璧《かんぺき》ではないと言えるくらいの謙虚《けんきょ》さを持っているが、それは自分の弱さを客観視できる証拠《しょうこ》でもあり、そしてその弱さと向き合うだけの強さがあるように窺《うかが》えた。これなら遅かれ早かれ一歩踏み出していただろう。

「平野さん」

立ち去ろうとする百合を、美麗が呼び止める。

「訊き忘れていましたわ。……貴女は友成さんのことを、どう思っているんですの？」

また、同じことを訊かれた。

どうして皆《みな》、それを私に尋ねるのだろう。百合は不思議に思う。

「私は別に、なんとも思ってないわよ」

「本当ですの？」

美麗は真《ま》っ直《す》ぐ百合を見つめ、続けた。

「だって貴女――友成さんのことを凄《すご》く真剣《しんけん》に考えていますわ」

なんとも思っていない相手なら、そこまで真剣に考えない。美麗は暗にそう告げた。

その瞬間《しゅんかん》、百合の中で閉《と》じ込《こ》めていた何かが溢《あふ》れ出しそうな予感がした。

顔が険しくなってしまったことを百合は自覚した。しかし美麗は何も指摘《してき》せず沈黙《ちんもく》を貫《つらぬ》いた。その間に百合は心を落ち着かせる。

「言ったじゃない。私は伊月のお姉さんなんだから、当然よ」

「……そうでしたね」

美麗は納得した素振《そぶ》りをみせた。

しかしその、笑《え》みを浮《う》かべるわけでも不可解な様子でもない表情は、そういうことにしておこうと言っているようなものだった。

美麗と別れた後、百合は自分の部屋に戻《もど》る。

小型の冷蔵庫を開け、フロントの売店で購入《こうにゅう》したミネラルウォーターを取り出し、喉《のど》を潤《うるお》した。心地《ここち》よい涼しさが身体の奥《おく》を突《つ》き抜ける。

（なんていうか……迫力《はくりょく》のある人だったわね）

対面した時、筆舌《ひつぜつ》に尽《つ》くしがたい迫力を感じた。話が進むにつれて少しずつ緊張も解《ほぐ》れてきたが、美麗には庶民《しょみん》が持つことのない厳《おごそ》かな風格があった。その存在感は今までの交友関係で経験したことがない。一度会えば一生忘れないようなお嬢様《じょうさま》だ。

それに、鋭《するど》い人でもあった。

自分も幼い頃《ころ》から家の客商売を手伝ってきただけあって、人を見る目は優《すぐ》れているという自負があったが、あのお嬢様には敵《かな》わないだろう。

（それにしても……貴皇学院の生徒も、人並みに恋《こい》するのね）

もっとも、その中身はとても人並みとは言えない気もするが。

お嬢様にはお嬢様なりの、様々な制約があるようだ。今までは貴皇学院に対して憧《あこが》れの感情を持っていたが、今は少し息苦しそうな印象も持っている。

『だって貴女――友成さんのことを凄く真剣に考えていますわ』

ふと、美麗に告げられた言葉を思い出した。

一瞬動揺《いっしゅんどうよう》してしまったが、よく考えたら当たり前のことだ。

だって私は、伊月のお姉さんなんだから。

それ以上の理由はない。

「……さて。残りは一人ね」

成香、美麗の調査は終了。二人は案の定、伊月に好意を抱いているようだった。

残り一人。

最後のお嬢様のことを考えると、百合は少し緊張した。

◇

百合は雛子の調査をするべく、彼女に話しかける機会をずっと窺った。

しかし成香や美麗と違い、雛子はなかなか話しかける隙《すき》が見えない。毎朝、食堂で顔を合わせてはいるが、尋ねたい内容が内容なだけに人前では声を掛《か》けにくい。夏期講習の授業が終わった後も伊月たちと一緒にホテルまで戻っているようで、その後、外で見かけることはなかった。

（此花《このはな》さんって……結構インドア派？）

折角《せっかく》の軽井沢《かるいざわ》だ。成香のように外を走ったり、美麗のように星空を満喫《まんきつ》したり、もっと楽しむことはできると思うが……雛子のそういう姿は見られなかった。

いや、相手は此花グループの令嬢だ。そもそも軽井沢なんて珍しくもなんともないのだろう。そう考えれば部屋からあまり出てこないことにも納得できる。

しかしそれではいつまでたっても話しかけられない。

（もう直接部屋を訪ねちゃおっかな？　でも偶然《ぐうぜん》とはいえ、職権乱用みたいな感じで部屋を知っちゃったわけだし……うーん、変なふうに思われるのも嫌《いや》ね）

なんて悩みながら、百合はゆっくりと雛子の泊《と》まる部屋へ近づいた。

外はもう暗い。バイト終わりの疲労《ひろう》が、問題の手っ取り早い解決を要求していた。疲れていると、頭を回すことに抵抗《ていこう》を感じるようになる。

もういいや。部屋を訪ねよう。

そう思い、百合が歩き出そうとした瞬間――。

「平野様、でしたね」

「うひゃあっ⁉」

背後からいきなり声を掛けられた。

振り返ると、そこにはメイド服の女性――静音《しずね》が佇《たたず》んでいる。

全く気配を感じなかった。

「先程からお嬢様のお部屋を観察しているようですが……何かご用ですか？」

静音さんの目がスッと鋭く細められた。

完全に警戒《けいかい》されている。

どうやらこのメイドは、ただ使用人というわけではないらしい。彼女は雛子を守るための警備の役目も負っているのだと百合は察した。

「え、えっと、あの……ちょっと此花さんとお話がしたいなって思って……」

「……お話ですか」

「え、ええ。迷惑《めいわく》なら全然いいんだけど……」

静音は顎《あご》に指を添《そ》え、真っ直ぐ百合を見据《みす》えた。

「……既《すで》に調査もしていますし、疑う必要はありませんか」

静音は「少々お待ちを」と言って、ポケットからスマホを取り出した。

しばらくすると、静音さんがスマホを仕舞《しま》う。

「それでは、お嬢様のお部屋へご案内いたします」

「あ、はい。お願いします……」

多分、今の電話で雛子の許可が出たのだろう。

緩やかな坂道を進んで、三つ星の建物が並んでいるところへ向かう。

静音がドアをノックした。

足音が近づき、ドアが開く。

「お待ちしておりました」

琥珀《こはくいろ》色の髪をなびかせるお嬢様、此花雛子が現れた。

柔和《にゅうわ》に微笑むその姿はとても眩しい。一瞬、部屋の灯《あか》りが雛子の後光かと錯覚《さっかく》した。

「中へどうぞ」

そう言って雛子は部屋の中へ入った。

静音が開かれたドアを固定する。百合はゆっくり部屋へ足を踏み入れた。

「うわ……すごっ」

大きな天井《てんじょう》。豪華《ごうか》そうな家具。

調度品の一つ一つが繊細《せんさい》で美しい存在感を放っている。まるで別世界を訪《おとず》れてしまったかのような気分だ。

そういえばバイトの同僚《どうりょう》が言っていた。

三つ星の部屋へ料理を運んだ時、驚《おどろ》きのあまり皿を落としそうになったとか。

長く居座《いすわ》っていると、価値観が変わってしまいそうな気がするとか。

「平野さん？」

「ちょ、ちょっとごめん。思ったより豪華過ぎて……い、いったん、落ち着く時間が欲しいというか……」
家具を傷つけでもしたら責任を負いきれない。
胸に手をやり深呼吸する。
そんな百合を、雛子は不思議そうに見た。
まるで、そこまで動揺《どうよう》されるとは思ってもいなかったかのような――。
「お嬢様。友成さんは殆《ほとん》どこちら側ですから、あまり一緒《いっしょ》にしては……」
「……そうでしたね」
静音が雛子に耳打ちした。
その言葉は微かに聞こえていた。
伊月がこの部屋を訪れた時は、自分ほど驚いてはいなかったのだろうか。
そう思うと、どこからか力が湧《わ》いてきた。
百合は雛子の対面に座《すわ》り、軽く吐息《といき》を零《こぼ》す。
「ハーブティーです」
トレーを持った静音が、テーブルの上に二つのカップを置いた。
雛子がカップを手に持ったので、百合もまずは喉を潤すことにする。
まろやかな飲み心地《ごこち》だ。紅茶とブレンドしているのだろう。更に一口飲むと、ハーブ特有のスパイシーな香りが鼻孔《びこう》を抜けていった。

「……ローズマリーかしら」

「はい。流石《さすが》ですね」

ローズマリーは料理のスパイスや臭《くさ》み消しにも使われる。

だから百合は知っていた。ローズマリーには疲労回復効果がある。

恐《おそ》らく、日々のバイトで疲《つか》れている自分のために、わざわざこのハーブを使ってお茶を用意してくれたのだろう。

（うわわわ……ホスピタリティのレベル高すぎ……）

こういうのは本来、高い金を払《はら》って初めて手に入る待遇《たいぐう》だ。

気軽に訪れた知人の部屋で味わえるものではない。

これが本物のお嬢様たちの世界。

伊月はこんな大変な世界に飛び込んでしまったのか……百合はしみじみ思った。

「その、ごめんね。わざわざ時間を作ってもらって」

「気にしなくても結構ですよ。私も今回の夏期講習を機に、平野さんともっと仲良くなりたいと思っていましたから」

なんて優しくて穏やかな少女なんだ。

純真無垢《じゅんしんむく》な温かさが百合を包む。

「実は、伊月のことを訊《き》きたいなと思ってて」

「友成君のことを、ですか？」

雛子が可愛《かわい》らしく小首を傾げる。

「ほら、伊月って庶民丸出しって感じじゃない？　だから心配っていうか……」

「なるほど。……平野さんは優しいのですね」

「そ、そんなんじゃないわよ。私はただ伊月のお姉さんとして、知っておきたいだけ」

目を逸《そ》らす百合に、雛子は優しい顔つきをした。

「友成君なら何も問題ありませんよ。最初は学院生活でも苦労していましたが、ここ最近は目に見えて慣れてきました。多少、肩の力も抜けていると思います」

「……そう。でもあいつ、案外甘《あま》いところがあるでしょ？　学院だけならともかく、此花さんの家でも働いているみたいだし、色々失敗してるんじゃない？」

「大丈夫《だいじょうぶ》ですよ。静音……私の使用人から手取り足取り作法を教わっていますから、むしろ一般的《いっぱんてき》な使用人よりも吸収が早いくらいです」

「ふ、ふぅん。ならよかったわ」

名を呼ばれた静音がぺこりと頭を下げた。

美麗から話を聞いた時も思ったが、伊月は予想以上に上手くやれているらしい。

（……あれ、なんだろ。この気持ち）

どうして今、モヤっとしたんだろう。

寂《さび》しいような、辛《つら》いような。ほんの少しネガティブな気持ちが湧いた気がした。

これではまるで、伊月が上手《うま》くやれていないことを望んでいるようじゃないか。

そんなわけがない。

「ところで平野さん」

雛子がこちらを見つめる。

「結局、友成君の好みのタイプは何なのですか？」

「……え？」

それは些《いささ》か唐突《とうとつ》な質問に思えた。

「パジャマパーティの際、言いかけていましたので」

「あー、うん。えっと、あれはぶっちゃけ三人の反応が見たかったから、適当に言ってみただけなんだけど……」

「でも知っているんですよね？」

「……ま、まあ心当たりはあるけど」

「折角ですから教えていただいてもいいですか？　中途半端《ちゅうとはんぱ》に聞いてしまったせいか、ずっと耳に残ってしまいまして」

うふふ、と雛子は微笑《ほほえ》みながら言った。

思ったより食いついてくる——。

しかし気になってしまったなら、まあ、仕方ないだろう。

確かに言われてみれば、中途半端で続きが気になるような言い方をしてしまったかもしれない。だから知りたいと。そういうわけか……。

……え、いや、無茶《むちゃ》があるのでは？

頭の中で無数の疑問符《ぎもんふ》が湧く。

「そ、そうねぇ……」

百合は困惑《こんわく》しながら、雛子の方を見た。

何度見ても完璧なお嬢様である。女子としての、人としての格の違《ちが》いを肌《はだ》で感じた百合は、瞬時《しゅんじ》に「このお嬢様も伊月のことが好きなのかも」という発想を消した。

流石にこのお嬢様は別格だ。

多分、単純に好奇心《こうきしん》で訊いているだけだろう。百合はそう解釈《かいしゃく》した。

「……伊月はお人好《ひとよ》しで、自分から勝手に忙しくなっていく性分だけど、実はなんだかんだそれで満足していると思うのよね」

「と、言いますと？」

「つまり、伊月は自分を忙しくしてくれる相手が好きってこと。……もっと言うと、自分のことを必要としてくれる人が好きなんだと思うわ」

「そうなんですね」

話を聞いた雛子は頷いた。

「……ふふふっ」

「？　此花さん、どうかした？」

「いえ、なんでもありません。……ふふっ」

何故《なぜ》かとても上機嫌《じょうきげん》に笑う雛子。

その笑みの理由は分からないが、とても可愛らしかった。

「此花さんは、伊月の好みじゃないかもしれないわね。なんていうか、此花さんって何でもできるように見えるというか……まさに完璧って感じだし」

「そうかもしれませんね」

雛子はどこか余裕《よゆう》そうに頷いた。

凹《へこ》んでいる様子はない。

やはり彼女は伊月に好意を抱《いだ》いているわけではなさそうだ。

「時間取っちゃってごめんね。私が訊きたかったのはこのくらいだから」

それじゃあね、と百合は部屋を出ようとした。

その直後、

「平野さんは、友成君のことをどう思っているんですか？」

ああ、やっぱり。また訊かれたか。

どうして皆その質問をするのか分からなかったが、二度あることは三度あると言う。だから百合は、今回は最初から心の準備をしていた。

予想していた以上、動揺することもなく即答《そくとう》できる。

「弟みたいに思ってるわ。それ以外は何もないわよ」

今までの動揺を巻き返すかのように、百合ははっきりと答えた。

すると、本当に一瞬《いっしゅん》のことで、些細《ささい》だし気のせいかもしれないが――雛子が微かに安心したような表情を見せた。

まばたきをした次の瞬間には、いつもの花のように柔《やわ》らかい表情へ戻っている。

気のせいか。そう納得《なっとく》して、百合は雛子と別れた。

一人部屋に戻った百合は、小さく吐息を零した。

肺に溜《た》まった酸素と共に、隠《かく》し持《も》っていた緊張が放出される。

（いやぁ……此花さんは別格って感じがしたなぁ。流石に伊月も、あのお嬢様と特別な関係になることはなさそうね）

伊月の前では情けない姿を見せたくないため今まで隠していたが、百合はお嬢様たちの存在感に度々《たびたび》気圧《けお》されていた。特に雛子のオーラはあまりにも強烈《きょうれつ》で、今でもふと気を抜けば、さながらスーパースターに群がるファンのように擦《す》り寄《よ》ってしまいそうになる。

伊月はよく彼女たちとあそこまで気兼《きが》ねなく話せるものだ。

尊敬の念すら抱く。

（……三人とも、それぞれ異なるタイプのお嬢様だったわね）

雛子はどの角度から見ても隙が存在しない、まさに完璧なお嬢様だった。その一挙手一投足を見るだけでも格の違いを痛感してしまうのに、いざ話してみると何故か居心地のよさに包まれる。真のお嬢様は人望すら意のままなのかもしれない。

美麗は気品や優雅さの象徴《しょうちょう》そのものに感じた。芯《しん》があり、鋭く、一方で優しさも持ち合わせている。だからとても頼《たの》もしく、相談しやすい。今回は頼《たよ》られる側だったが、きっと彼女は普段《ふだん》多くの人に頼られているのだろう。

　成香は強さと弱さが極端《きょくたん》だが、それ故に憧れと共感のどちらも抱けるお嬢様だ。調べたところ、彼女は剣道《けんどう》や柔道《じゅうどう》などあらゆる武道の大会でことごとく優勝している。分野こそ偏《かたよ》っているが、他二人のお嬢様に劣《おと》らない才能を持っているに違いない。そして自身の欠点を強く自覚している成香は、三人の中で最も成長を望んでいるように見えた。

（伊月がどう思ってるかは知らないけど……私の中では三人の個性が見えてきたわよ）

　三人の個性——魅力《みりょく》がざっくりと見えてきた。

　一番憧れるのは雛子だ。彼女の傍にいられたらとつい考えてしまう。

　一番尊敬するのは美麗だ。彼女に認められることはこの上ない喜びだろう。

　一番支えたいのは成香だ。いつか弱さを克服《こくふく》した時、彼女はきっと傑物《けつぶつ》になる。

（……伊月は誰《だれ》と結ばれても幸せになりそうね）

　それが分かれば十分だった。

　それを調べるために、百合は彼女たちに声を掛けたのだ。

「あーあ。皆、青春してるのねー」

　キッチンには片付けを後回しにしていた料理道具が散在していた。お嬢様たちが恋愛《れんあい》に頭を悩ませる中、百合は冷たい水で皿洗いを始める。

　美麗も成香も、一歩踏《ふ》み出す切っ掛けは作れたはず。

どちらが先にリードするかは気になるところだが、本心で言うとどちらでもいい。

伊月は美麗と結ばれても、成香と結ばれても幸せになるだろう。

…………………………私は？

「ばか」

頭の中に湧いた疑問を、百合は叱責《しっせき》した。

「ばか、ばか、ばか。……………私は伊月の、お姉ちゃんなんだから」

四章◆海とお嬢様と幼馴染み

翌朝。

いつも通りホテルの食堂で朝食をとっていると、小さな人影《ひとかげ》が近づいて来た。

「おはよっ、伊月《いつき》！」

両肩《りょうかた》に手を載《の》せられる。

振《ふ》り返《かえ》れば、そこには幼馴染みの百合《ゆり》がいた。

雛子《ひなこ》たちも百合に「おはようございます」と挨拶《あいさつ》する。俺《おれ》も「おはよう」と軽く伝えてから、百合の顔を見つめた。

「妙《みょう》に機嫌《きげん》がいいな。何かあったのか？」

「べっつにー？　ただ、アンタも隅《すみ》に置けないなって思っただけよ」

「なんだそりゃ」

意味が分からず首を傾げると、正面に座っている天王寺《てんのうじ》さんと成香《なりか》が微かに頬《ほお》を赤らめたような気がした。

ここ数日、百合が裏で何かコソコソしていることには勘《かん》づいていた。百合のことだから人に迷惑をかけているわけではないだろうと思っていたが、もしかして天王寺さんたちと何か話していたんだろうか。

「あ、ちなみにそのサラダ私が作ったから、丁寧《ていねい》に食べなさいよね。まあ殆ど切っただけなんだけど」

「はいはい」

皿を指さして言う百合に、俺は適当に相槌《あいづち》を打った。

しかしその時、違和感《いわかん》を覚える。

「……百合？」

「なによ？」

「なんか、無理してないか？」

返答が来るまで、一拍《ぱく》の間があった。

「はぁ？　何も無理なんてしてないわよ」

その言葉の真偽《しんぎ》までは読み取れなかったが、こういう時の百合は頑《かたく》なで、態度を変えることが滅多《めった》にないのは知っていた。

今はその言葉を信じるしかないか。そう思い、首を縦に振る。

「アンタ、人の心配している暇《ひま》あるの？　今日は試験なんでしょ？」

「う……そう、だな」

その通りだった。

本日は夏期講習の試験がある。初日以外はきちんと予習、復習をしてきたので授業にはついていけたが、どのくらい点数が取れるかは分からない。

正直……自信がなかった。

「そんなに緊張するほどのものなの？」

「いや……悪い点数だったら、夏休みの終わりまで静音《しずね》さんにスパルタで勉強を教わることになっていて……」

「静音さんって言うと、あのメイドさんよね？　いいじゃない。あんなに綺麗《きれい》な人に手取り足取り教われるなんて、男子なら喜ぶことでしょ」

「それはあの人のスパルタっぷりを知らないから言えるんだ」

真顔で告げる俺に、百合は「そ、そう」と若干《じゃっかん》引いた様子で頷いた。

「此花《このはな》さんたちは、試験対策できた？」

「そうですね。いつも通りにはできていると思います」

百合の問いかけにそう答えた雛子は、アッサムティーを一口飲む。アッサムにはカフェ

イン が含《ふく》まれると聞いたので、俺も夏期講習の間はよく飲んでいた。

「此花雛子。ちなみにわたくしは、今まで以上に仕上げていますわ」

「天王寺さんは勤勉ですね」

「え、ええ。日頃《ひごろ》からそうありたいと思っていますわ。……じゃなくて！　今度こそ決着をつけますわよ！」

「お手柔《てやわ》らかにお願いします」

最近、雛子も天王寺さんのあしらい方が分かってきたらしい。

あしらい方が分かってきたというのは、言《い》い換《か》えれば天王寺さんのことを理解してきたとも表現できるだろう。これはどちらかと言えば雛子ではなく天王寺さんの変化が原因な気もする。家名だけでなく自分の意思も尊重するようになった天王寺さんは、今までよりもフレンドリーな雰囲気《ふんいき》になりつつあった。

「成香は、大丈夫なのか？」

「ああ。私はもう諦《あきら》めてる。夏期講習が終わった後も、家に家庭教師が来る予定なんだ」

成香は死んだ魚のような目で言った。

俺もあと一歩でその境地に入ってしまうところなので、他人事《ひとごと》とは思えない。

「ま、今更《いまさら》どうしようもないでしょうし、腹を括《くく》って頑張《がんば》ってきなさいよ。もし点数が悪かったら、またハンバーグセット作ってあげるから」

「……そうだな」

百合の言う通りだ。

ここまできたら、腹を括るしかない。

「ハンバーグセット、頼むぞ」

「最初から諦めんな」

百合が俺の頭を軽く叩《たた》いた。

……見たところ、いつも通りに戻っている。

先程《さきほど》は何か無理をしているように見えたが、気にしすぎだろうか。

「ところで皆さん。明日の休日は何をするつもりですの？」

天王寺さんがスープを飲んだ後、俺たちの顔をざっと見て訊いた。

夏期講習は本日の試験をもって終了する。試験の採点には一日かかるらしく、明日は休みとなっていた。試験結果の発表は明後日の予定である。

「俺は、特に何も決めてないですね」

「私もだ」

まだ何も予定を立てていない俺に、成香が同意する。

「わたくしも何も決めていないのですが……折角ですし、どこかへ遊びに行くのもいいですわね。明日くらいは勉強のことを忘れて休暇《きゅうか》を楽しみたいですわ」

その意見には全面的に賛成である。

一応、今は夏休みなのだ。思いっきり勉強に集中した分、少しくらいのご褒美《ほうび》的イベントがあっても問題ないだろう。

「でしたら、海へ行きませんか？」

雛子が言った。

海？　と首を傾げる俺たちに、雛子は続ける。

「ここから車で二時間ほど移動すれば、日本海側の海水浴場へ行けます。プライベートビーチではないので人目はありますが……」

「いいですわね。夏と言えば、やはり海。ご一緒しますわ！」

「わ、私も是非《ぜひ》一緒に行かせてもらおう！」

天王寺さんと成香はすぐに賛同した。

夏期講習の内容が大変だったのですっかり忘れていたが、そういえば軽井沢に到着《とうちゃく》するまで俺たちは車の中で海について話していた。

それにしても、と俺は意外に思う。

（雛子が皆を誘《さそ》うのは珍《めずら》しいな……）

というより、雛子が何かイベントを企画《きかく》すること自体珍しい。

人の目さえなければ演技も解ける。雛子の場合、折角の休日ならホテルの部屋でゴロゴロ過ごしたいんじゃないかと思っていたが……。

「と、友達と海……っ！　ああ、夢にまで見たイベント……っ！」

成香が感極《かんきわ》まって泣きそうになっていた。

「あっ⁉　で、でも私、水着を持ってきてないぞ⁉」

「道中で買えば問題ないと思います。丁度、海水浴場の近くに此花グループの店がありますから、一度そこへ立ち寄りましょう」

「な、なるほど。それもそうだな」

俺も水着を持ってきていないので、買わなくちゃいけない。

「あ、あのー……それって私も行ってもいい感じ？」

百合が怖《お》ず怖ずと挙手して訊いた。

雛子はにっこりと微笑んで頷《うなず》く。

「勿論《もちろん》です」

「よ、よかったぁ……プライベートビーチなんて言葉が出てきたから、私みたいな庶民はお呼びじゃないのかと」

「寧《むし》ろタイミングさえ合えば、プライベートビーチに招待していましたよ」

「お、おぉ……持つべきはお嬢様の友達……」

百合は大袈裟《おおげさ》に胸に手をやって喜んだ。

「でも百合、バイトは大丈夫なのか？」

「ええ。明日は丁度休みよ」

「忙《いそが》しそうだと思ったが、意外とちゃんと休めているんだな」

「元々、料理の研究にも時間を使う予定だったから、緩《ゆる》めのシフトにしてもらっていたのよ。それに厨房《ちゅうぼう》ってわりと肉体労働だから、休みはしっかり与《あた》えられるわ」

厨房の担当が重労働であることは、百合の家を何度も訪れているのでよく知っている。

こんな高級ホテルの厨房では雑な仕事もできないだろう。キッチンスタッフが集中力を欠かないためにも、休憩《きゅうけい》はしっかり挟《はさ》まれているらしい。

「そろそろ教室に向かった方がいいですわね」

天王寺さんが時間を確認《かくにん》して言う。

「皆、試験頑張ってね」

百合に送り出されて、俺たちは食堂を後にした。

全員一塊《ひとかたまり》になって教室に向かっているところ、俺はこっそり後方に移動し、雛子に小さな声で話しかける。

「雛子。海の件、ずっと考えてたのか？」

「ん。……静音と話し合って、決めた」

日本海側に海水浴場があるなどを知っていたのもそのためか。

その場の思いつきではなかったらしい。

「でも、いいのか皆《みな》を呼んで？　人目があると演技しなくちゃいけないだろ？」

「プライベートビーチじゃないし、どのみち一緒」

それもそうか。

「それに……この方が、伊月も喜ぶと思って」

雛子が俺の目を真っ直ぐ見つめて言った。

見透《みす》かされていたようだ。……夏期講習の間、俺たちはずっと同じメンバーで行動していたのだ。折角なら皆で一緒に遊びたい。そんな気持ちは確かにあった。

「ありがとう。俺もどうせなら、皆で行きたいと思ってたんだ」

「むふー……伊月のことは、お見通し」

得意げに胸を張って言う雛子。

その時、前方を歩いている天王寺さんが、俺たちの歩く速度が遅《おく》れていることに気づいて振り返った。

「お二人とも、どうかしましたの？」

「いえ、なんでもありません」

瞬時に演技を再開する雛子。

俺は苦笑《くしょう》した。……このギャップには、まだまだ慣れそうにない。

◆

試験が行われた翌日。

時刻は午後二時。午前中にホテルを発《た》った俺たちは、道中の百貨店で水着を買い、ついでに昼食を済ませ、そして遂《つい》に目的地へ到着した。

「……海だ」

死ぬほどつまらない感想しか出なかったが、そこは確かに海だった。

中学生の頃、自然学舎と呼ばれる学校行事で一度だけ海に行ったことがある。ただし友《とも》成《なり》家は金がなかったので交通費を出すことができず、百合の家族にわざわざ車で送ってもらった。その後の食費などは辛《かろ》うじて用意できたが、代わりに家に帰ってきてから俺は一ヶ月もの間、夕食以外が飯抜《ぬ》きだった。

あの時に食べた食事が中学時代で一番豪華だったかもしれない。

思い出すと涙《なみだ》が出てきた。

「着替《きが》え終わったようですね」

更衣室《こういしつ》で水着に着替え、女性陣《じょせいじん》を待っていると、静音さんが声を掛けてきた。

その姿は、いつも通りのメイド服である。

「静音さんは水着じゃないんですね」

「見たかったんですか、水着？」

静音さんが悪戯《いたずら》っぽく笑《え》みを浮《う》かべて訊いた。

俺は頬が赤くなるのを自覚し、それを隠すように目を伏《ふ》せる。

「まだまだ免疫《めんえき》がありませんね。毎日お嬢様《じょうさま》と一緒に過ごしているとは思えません」

「……これでも色々気をつけてるんですよ。特に風呂《ふろ》に入る時とかは」

「殊勝《しゅしょう》な心がけです」

ちなみにコツは、はっきりと見るのではなく視界に入れる程度に留《とど》めることである。こうすれば露出度《ろしゅつど》の高い雛子の格好にも辛うじて耐《た》えられる。

「私は皆さんの安全を守るために、今日は仕事を優先します。プライベートビーチならともかく、ここは一般《いっぱん》の方も沢山《たくさん》いらっしゃる海水浴場ですからね」

「その、すみません、俺だけはしゃいでる感じで」

「気にしないでください。伊月さんに気を使っていただいたおかげで、私はいつもよりだいぶ休めましたから」

静音さんは優《やさ》しい表情で言った。

どうやら本当に身体を休めることができたらしい。

「それに、この海水浴場には既に此花家の警備を百人配置しています。私一人の負担はそこまで重たくありませんよ」

「そ、そうですか」

流石は此花家。迅速《じんそく》である。

さりげなく周囲を見渡《みわた》したところ、見覚えのある屈強《くっきょう》な成人男性が海パン一丁の姿で砂浜《すなはま》を歩いていた。……今、この海はライフセーバーが百人いるような状態らしい。

「ところで伊月さん。試験の手応えはどうでしたか？」

「……取《と》り敢《あ》えず、できることはやりました」

手応えは正直、分からない。今回習った科目は学院で教わるものとは異なるものが多い

ため、解いた後も不安でいっぱいだ。

「それで結構です。結果を楽しみにしています」

「はいぃ」

俺にとってはプレッシャーにしかならない一言だった。

「お待たせーーっ‼」

その時、女子更衣室の方から大きな声が聞こえた。

百合がぶんぶんと手を振りながら、こちらにやって来る。

すぐ傍《そば》には三人の煌《きら》びやかなお嬢様もいた。

「いい天気ですね」

「ええ、眩《まぶ》しいくらいですわ」

「あぁ……私は今、青春している……っ！」

三人とも既にこの海という非日常感を満喫《まんきつ》しているのか、どこか楽しそうに見えた。

ふと俺は、百合が抱《かか》えているものに注目する。

「百合、それは……」

「ビーチボールよ。百貨店に寄った時、買っといたの」

気づかなかった。水着を買う際、俺は女性陣から少し離《はな》れた位置にいたので、その間に買っていたのだろう。

「それより伊月。何か言うべきことがあるんじゃない？」

「う……」

こういう時、何を発言すればいいのか、一応知識では分かっていた。

改めて目の前にいる四人の少女たちを見る。すると成香と天王寺さんが妙にもじもじと恥《は》じらう素振《そぶ》りを見せた。雛子もお嬢様モードを保ってはいるが、ほんのりと頬が赤い。

雛子の水着は白色のオフショルダーで、上と下のどちらにもフリルがついている。身体の輪郭《りんかく》がフリルによって多少隠れているので清楚《せいそ》な印象があり、かつ可愛らしい。触《ふ》れることすら躊躇《ちゅうちょ》してしまうような、純真無垢の美しさがそこにはあった。

天王寺さんの水着は青色のビキニで、下にはパレオを巻いている。肩紐《かたひも》は素材が特殊《とくしゅ》なのかネックレスのように日光を淡《あわ》く反射しており、パレオにも模様が施《ほどこ》されていた。目立ちつつも品がある、天王寺さんらしい見た目だ。

成香の水着は黒色のビキニタイプで、白色の小さな水玉模様が入っている。見た目だけでなく泳ぎやすさも意識したのだろう。日頃の運動によって引《ひ》き締《し》まった身体には無駄《むだ》な肉が一切《いっさい》ついておらず、スレンダーな体躯《たいく》が惜《お》しげなく披露《ひろう》されていた。

百合の水着は、上はオレンジ色のビキニタイプで、下はベージュのショートパンツだった。身長が低くてお世辞にも発育がいい方とは言えない百合だが、全体的に活発な印象を抱かせるその水着は、百合によく似合っていた。

全員の水着姿をざっと見た俺は——恐る恐る口を開く。

「………………皆、似合ってます」

「ヘタレ」

百合がボソリと言った。

女性の水着姿をスラスラと褒《ほ》めるのは、俺の精神力では無理だった。

その時、俺はお嬢様たちに何故かまじまじと見つめられていることに気づいた。

「伊月は、その、随分引き締まった身体をしているな」

成香が呟《つぶや》くように言う。

「ほんとだ。……なんか、凄《すご》く筋肉増えてない？」

「……まあ、色々あったからな」

静音さんにみっちり鍛《きた》えられているので。

「それにしても、一般の海水浴場はここまで混むなんて知りませんでしたわ」

天王寺さんが辺りを見て言った。

「天王寺さんも普段はプライベートビーチを？」

「ええ。あとは屋内プールですわね。日焼けしたくない時はそちらを使いますわ」

「天王寺さんが日焼けした姿って、あまり想像できないですね」

「あら、幼い頃《ころ》はよくしていましたわよ？　これでも幼い頃は活発でしたから」

意外だなぁ、と一瞬思ったが、そんなこともない気がしてきた。天王寺さんは常に優雅《ゆうが》だが、同時にエネルギッシュな印象もある。

天王寺さんが日焼けしたら……それはそれで魅力的《みりょくてき》な姿かもしれない。

無意識にその姿を想像していると、百合が近づいて来た。

「そういえば伊月、日焼け止め塗《ぬ》った？」

「え？　……あ、やべ。忘れてた」

「だと思った。……しょうがないわね」

百合は溜息《ためいき》を吐《つ》きながら、鞄《かばん》から日焼け止めを取り出す。

「ほら、そこに寝《ね》なさい」

「え……いや、自分でやるぞ」

「自分じゃ背中が塗《ぬ》れないでしょ」

それはそうだが……。

抵抗《ていこう》しても無駄な気がするので、俺はシートの上に寝そべった。

「えいっ」

百合が腰《こし》の上に乗る。

軽いので全く問題はないが……。

「あの、百合？　ちょっと近いような……」

「なに気にしてんのよ。前まで一緒《いっしょ》にお風呂入ってたじゃない」

「「一緒にお風呂⁉」」

天王寺さんと成香が目を見開いた。

「それは二人とも水着で入ったということですよね？」

「え？　いや、違うけど……なんで水着……？」

雛子が変なことを訊いている。

よく分からないが、雛子なりに驚《おどろ》いているということだろうか。

「一応言っておくが、小学生の時の話だからな」

溜息交じりに補足すると、天王寺さんと成香が安心したように胸を撫《な》で下ろした。雛子も元通り落ち着いている。

つい最近まで入っていたかのような言い方をしないでほしい。

……今も雛子とは一緒に風呂に入っているわけだが、これは絶対に言わないでおこう。

「よし、終わり！」

「いてっ⁉　叩くな！」

急に背中を叩かれ、俺は飛び起きた。

「あはは！　綺麗な椛《もみじ》がついたわねっ！」

「この……っ！」

百合が海の方へ逃《に》げたので、俺はすぐに追いかけた。

サンダルが脱《ぬ》げ、砂浜を直接踏《ふ》み締《し》める。

地面の熱さに思わず飛び上がった俺は、今、夏を満喫していることを実感した。

◆

「それっ！」

百合が掛《か》け声《ごえ》と共にビーチボールを打ち上げる。

ボールは放物線を描《えが》いて俺の方へ落ちてきた。

「おっと」

風によって軌道《きどう》が逸《そ》れたボールを、俺は右手を伸《の》ばして上に打つ。

ボールは雛子の方へ向かった。

「えいっ」

雛子が打ち上げたボールを、天王寺さんが成香の方へ飛ばした。

「ですわっ！」

風で逸れたボールを、成香は素早《すばや》くジャンプして拾い、百合がいる方へ打ってみせた。

「は――ッ!!」

一人だけ気合の入り方が違う。

成香の運動神経はマリンスポーツでも大活躍《だいかつやく》していた。

百合が不敵な笑みを浮かべる。

「やるわね」

今気づいたが、ここにいるメンバーは全員運動が得意だ。雛子と天王寺さんは文武両道だし、俺も身体を鍛えている。そして百合もスポーツはどちらかといえば得意だった。

必然、ただボールを打ち合っているだけでも本格的になる。

「こうやって海の中でボールを打ち合うだけでも、存外奥《おく》が深いですわね」

「ああ。足腰《あしこし》が鍛えられる。これはいい運動だ」

お嬢様たちは変な着眼点で遊んでいた。

そんな彼女《かのじょ》たちは、果たして気づいているのだろうか。……注目を浴びていることに。信じられないくらい美しい容姿の少女たちが、こうも一箇所《かしょ》に集まっているのだ。しかも水着である。老若男女《ろうにゃくなんにょ》、多くの人が俺たちに視線を注いでいた。

「……伊月。アンタ、いつもこれに耐えてるの？」

「……耐えられるようになったのは最近だな」

視線の爆心地《ばくしんち》にいる俺と百合は、とても緊張《きんちょう》していた。

最近分かったが、お嬢様たちは周りの視線を意識して身の振り方を考えている。だからこの視線にもきっと気づいているだろう。ただ、彼女たちにとって注目を浴びることはいつも通りなので、全く気にしていないのだ。

「しかし……」

「？　なによ？」

周囲の視線を感じながら、俺は百合の方を見た。

お嬢様たち三人の容姿が整っているのは今更だが、そんな三人と並んでいる百合もよく見れば悪い容姿をしていない。俺は幼馴染みなので、百合の平凡《へいぼん》な過去や庶民《しょみん》らしい価値観を知っているが、その先入観を抜きにすれば十分張り合えるのではないだろうか。

「……百合も普通《ふつう》に可愛《かわい》いよな」

「は、はぁあぁあっ⁉　馬鹿じゃないの！　馬鹿じゃないのッ‼」

「痛い痛い、叩くなって」

照れ隠しにべしべしと身体を叩かれる。

その時、強烈な勢いでボールが飛んで来た。

錆《さ》び付《つ》いた扇風機《せんぷうき》のように、ゆっくりと振り返ると、雛子がにっこりと微笑《ほほえ》んでこちらを見つめている。

「友成君。ボールを」

「は、はい」

これ以上、刺激《しげき》しない方がいい。俺はすぐにボールを拾って、天王寺さんへパスした。

ボスン、という音と共にビーチボールが空高くへ打ち上げられ、成香の方へ落ちる。

鋭《するど》く打ち返されるだろうと思ったが……ボールは成香を素通《すどお》りして水に落ちた。

「都島《みやこじま》さん、どうかしましたの？」

「ちょ、ちょっと疲《つか》れてしまったみたいだ！　わ、私は少し休憩する！」

ぎこちない面持《おもも》ちで成香は俺たちから距離《きょり》を取った。

不思議に思っていると、成香が助けを呼ぶような目でこちらを見つめる。

「い、伊月。こっちへ来てくれ」

こっそり手招きされたので、俺はさりげなく成香に近づいた。

「どうした？」

「……水着が、流された」

「えっ」

「は、激しく動きすぎたみたいだ……」

言われてみれば、確かに成香は上の水着が――と、思わず目で確認しようとしてしまったので、慌《あわ》てて顔を逸らす。

「悪い！　俺も少し休憩する！」

取り敢えず、俺も休憩という体裁《ていさい》で離脱《りだつ》した。

できるだけ成香の方を見ずに近づく。

「ていうか、俺よりも女性を呼んだ方がよかったんじゃ……」

「…………た、確かに」

なんでそうしなかったんだ？　と成香は困惑《こんわく》しているが、俺が訊《き》きたいところである。

成香の水着は黒色だった。人混みの中、急いで捜《さが》すが見つからない。

「あっちの岩場まで流されたのかもな」

「ま、待ってくれ。私を一人にしないでくれ」

「いや、でも……じゃあ、ついて来るか？」

「あ、ああ。泳いでいるフリをすれば、なんとか……」

成香は身を屈《かが》めながらついて来た。

上半身を隠《かく》すためだろう、身体を俺に密着させているが、それはそれで危ないことを自覚してほしい。追《お》い込《こ》まれている成香にそれを言うのは酷《こく》だろうか……？

岩場に行くと人目も減り、成香は安心した。

見れば岩と岩の間に、黒い水着が漂《ただよ》っている。

「あった！」

水着を拾った俺は、すぐに岩の裏で隠れている成香へ渡《わた》そうとする。

「ま、待て！　こっちを見るな！」

「わ、悪い！」

慌てて目を逸らしながら、俺は改めて水着を成香に渡した。

「……も、もうこっちを見ていいぞ」

許可が出たので、逸らしていた目を戻《もど》す。

成香はちゃんと水着を着けなおしていた。

「一安心だな。皆のところへ戻るか」

「ああ。……その、助かった」

「気にするな」

よくあること……なのかは分からないが、多分、ビキニタイプの水着は外れやすいんじゃないだろうか。

「あれだけ縦横無尽《じゅうおうむじん》に動いていたら、水着が取れるのも無理ないかもな」

「あ、ああ。私も最初は気楽にするつもりだったんだが、平野《ひらの》さんが思ったよりも手強《てごわ》くてな。つい熱が入ってしまった」

「百合も運動得意だからなぁ。昨日の夜もメッセージでやり取りしていたんだが、思いっきり暴れ回りたいってずっと言ってたし」

「メッセージ………」

唐突《とうとつ》に成香が顔を伏せた。

しかしやがて成香は、意を決したような表情で俺を見た。

「い、伊月。その、もうちょっとそっちに寄ってくれないか?」

「え?　まあいいけど、何を――」

するつもりなんだ、と訊こうとした刹那《せつな》。

成香は素早く俺との距離を詰《つ》め、その右腕《みぎうで》を力強く突《つ》き出した。

「せ、せいッ！」

「うおっ⁉」

武道の天才、都島成香の掌底《しょうてい》が頬を掠《かす》める。

静音さんに護身術を学んでいる俺でも、一切反応できなかった。

ドン！　と大きな音が背後から響《ひび》く。

成香の掌底は、俺の頬を掠め、背後の岩に打ち付けられていた。

「な、何故《なぜ》、張り手を……？」

「張り手⁉　ちちち、違《ちが》う！　こ、これは、壁《かべ》ドンだ！」

「壁、ドン？　…………………壁ドン？」

なんだ壁ドンかぁ、とはならなかった。

寧ろますます謎《なぞ》が深まるばかりである。

「こ、こうすれば、その……もっと、伊月と仲良くなれるって、聞いたんだ」

訥々《とつとつ》と成香が事情を説明する。

「……ちなみに、誰《だれ》に？」

「……平野さんに」

だろうな、と俺は納得《なっとく》した。

壁ドンなんて文化がお嬢様たちの間で浸透《しんとう》しているわけがない。俺《おれ》が教えたわけではないので、じゃあ百合しかいないだろう。

「……壁ドンは、成香が思ってるほど万能《ばんのう》の手段じゃないぞ」

「そ、そうなのか」

「あと、その格好でやられると目のやり場に困るというか……」

目を逸らしながら言った。

成香は一瞬《いっしゅん》きょとんとしたが、すぐに意味を察し、

「――っ⁉」

慌てて俺から離れた成香は、両手で自分の胸元《むなもと》を隠した。

しかしそこで羞恥《しゅうち》が限界に達したのか、頭を抱えてしゃがみ込む。

「あぁぁ……今日は伊月に、恥ずかしいところばかり見られる……っ！」

いつもそんな感じだけどな、とは敢えて言わないでおいた。

「……結局、何がしたかったんだ？」

時間を置いて、落ち着いてきた成香に訊く。

成香はゆっくりと立ち上がり、潤《うる》んだ瞳《ひとみ》で俺を見た。

「……伊月。実は、ずっと前から訊きたいことがあったんだ」

小さく頷く俺に、成香は告げる。

「此花さんとは、どういう関係なんだ？」

妙《みょう》に真剣《しんけん》な声音《こわね》だった。

妙な迫力《はくりょく》を感じる。俺は動揺《どうよう》を押《お》し殺《ころ》すために数秒の時間を要した。

「どうって言われても、前に説明した通りだ。俺は今、此花さんの家で働いている」

「でも、此花さんのことを名前で呼んでるじゃないか」

「っ」

なんで、それを知っている。

言葉が出ない俺の代わりに、成香は続けた。

「伊月は気づいてないだろうが、一度だけ私の前で、此花さんのことを下の名前で呼んだことがある。……本当は、下の名前で呼び合う関係なんだろう？」

全く気づいていなかった。普段《ふだん》の俺なら絶対にそんなことしない。

まだ俺がお世話係の仕事に慣れていない頃だろうか？　それでも注意はしていたはずだが……いや、よそう。もう聞かれてしまった後なのだ。時期がどうであれ関係ない。

頭の中で咄嗟《とっさ》の言い訳が思《おも》い浮かんだ。たとえば俺が今住んでいる此花家の屋敷《やしき》には同《どう》姓《せい》の使用人が偶々《たまたま》いて、まぎらわしいから名前で呼ぶようになったとか。無理矢理《むりやり》感はあるが、一応、理屈《りくつ》は通る。

けれどやっぱり、抵抗があった。

雇《やと》われている以上、俺は此花家に迷惑《めいわく》をかけてはならない。しかしその上で、できるだけ嘘《うそ》をつきたくない。

「そう、だな」

最終的に俺の口から零《こぼ》れたのは、肯定《こうてい》の言葉だった。

「此花家の屋敷で働いているうちに、俺は雛子と仲良くなった。……多分、成香が思っている以上に」

呼び方を改めた俺に、成香は目を見開いた。

「でも、だからといって俺が学院でその呼び方をすると、雛子が目立ってしまう。ただでさえ俺と雛子は、広いとはいえ同じ屋敷に住んでいるんだ。よからぬ噂《うわさ》が流れると、雛子や此花家の迷惑になる。だから俺は、人前では此花さんって呼んでるんだ」

成香が納得する素振りを見せた。そして同時に察した表情を浮かべた。

俺が成香の前で「雛子」と呼んだのは、今だけのこと。

ここからは元に戻す。軽井沢《かるいざわ》に俺たち以外の貴皇学院《きおうがくいん》の生徒が宿泊《しゅくはく》している以上、ひょっとしたらこの海水浴場にも来ているかもしれないから。

「……伊月らしいな。結局、自分ではなく他人のためか。……そんなことを言われたら文句も言えないじゃないか」

成香は深く息を吐き出した。

やるせない。そう言いたげな成香だが――。

「でも、よく考えたら俺たちは最初から下の名前で呼び合ってるだろ」

「う……た、確かに、それはそうなんだが……」

胸中にある不満を、成香は上手《うま》く言語化できていないようだった。

成香は腕《うで》を上げ下げして、なんとか感情を整理しつつ口に出す。

「でも、でも……私は、やっぱり、もっと伊月の特別になりたいんだ！」

それは不器用ゆえの武器だろうか。

成香は時折、ストレートに想《おも》いをぶつけてくる。

どう反応したらいいのか分からず、俺は緊張したまま口を噤《つぐ》んだ。

「だ、だから、伊月！」

「は、はい」

「メ、メールアドレスを、交換《こうかん》しないか！」

「……はい？」

どうしてそんな結論に至ったのだろうか。

意味が分からず思考が停止する。

「わ、私も伊月と、メッセージ？　というものでやり取りしてみたいんだ！　学院にいる時だけでなく、休みの時も連絡《れんらく》したい！」

ああ、そういうことか。

「……そうだな。そういえば俺たち、まだお互《たが》いの連絡先《れんらくさき》を交換してないもんな」

本当に今更《いまさら》のことである。

俺は百合以外とスマホで連絡を取り合うことが滅多《めった》になかったため、連絡先の交換をすっかり忘れていた。

「スマホを取りに戻るか。……メールアドレスも交換するけど、最近はアプリでやり取りする方が多いから、成香の場合まずはそこからだな」

「あ、ああ。それも教えてほしい」

不安定な岩の上を通り、砂浜へ向かう。

小さな波に揺《ゆ》られながら歩いていると、ふと成香が声を発した。

「伊月。その背中、平野さんに叩《たた》かれた痕《あと》か？」

「ああ、まだ残ってたのか。もう全然痛くないし気にしなくてもいいぞ」

「……」

急に成香が黙《だま》る。

次の瞬間《しゅんかん》、俺の背中からバチンと音が鳴った。

「痛っ⁉　え、なんで⁉」

「……なんでもない」

何故《なぜ》俺《おれ》は背中を叩かれたんだろうか。

疑問に思いながら浜辺《はまべ》に上がる。

そういえば雛子たちの姿を見なかった。……皆も休憩しているのだろうか？

「二人とも、こっちよ」

パラソルの下で座《すわ》っている百合が、俺たちを見つけて声を掛けた。

俺と成香はパラソルの方へ向かった。傍に雛子や天王寺さんはいない。

「百合だけか？」

「ぼっちみたいに言わないでくれる？　此花さんたちが更衣室で日焼け止めを塗り直しているから、私が荷物番をしてるのよ」

本物のぼっちは今俺の隣《となり》にいるので、そんなことを言ったつもりはなかった。

「ていうか、二人は何処《どこ》行ってたのよ」

「日陰《ひかげ》を探してたんだが、いいところが見つからなかったんだ」

「ああ、そういうこと。まあパラソルの下も結構暑いしねぇ……」

百合は手をうちわのように振《ふ》って、顔に風を当てようとした。

咄嗟の言い訳にしては我ながら上手い。百合に疑っている様子はなかった。

パラソルの下に置いてある自分の鞄を手に取り、中からスマホを取り出す。

「成香。スマホあるか？」

「あ、ああ！」

鞄からスマホを取り出した成香に、まずアプリをインストールさせる。一瞬、成香のアドレス帳が目に入り、その登録件数の少なさに虚《むな》しい気持ちになったが、これから一緒に増やしていけばいいだろう。今の成香なら、その気になれば増やせるはずだ。

「これで登録完了《かんりょう》だな」

つつがなくIDの交換が終わったことを確認する。

丁度、雛子たちがこちらへ向かっている姿が見えた。

俺はスマホを再び鞄に仕舞《しま》おうとするが——その直前、スマホが震動《しんどう》する。

「ん？」

メッセージを受信した。

成香からだ。

成香：私は、誰にも負けるつもりはないからにゃ

その内容を見て、俺は思わず目の前にいる成香に視線を向けた。

成香は恥ずかしそうに目を逸らす。

記念すべき最初のメッセージで誤字になるあたり、いかにも成香らしかった。スマホの操作に慣れていないのかもしれない。

送られた言葉の真意を、俺は曖昧《あいまい》だが確かに受け取った。

しかし……やっぱり、そんなことで競《きそ》う必要なんてないと思う。

俺はすぐに成香のメッセージに対して返信した。

伊月：成香には成香のよさがあるにゃ

メッセージを受け取った成香は、最初は喜びを噛《か》み締《し》めたような顔をしていたが、すぐに文末が「にゃ」になっていることに気づいて首を傾《かし》げた。

しばらくして、自分の誤字に気づいた成香は「あっ⁉」と声を発する。

「い、伊月の意地悪…………っ」

それはこっちの台詞《せりふ》だ。

いきなり俺を動揺させるな。

◆

日焼け止めを塗り直した雛子たちと合流した後、俺たちはまた海で遊んだ。

砂浜でのんびり話したり、暑くなってきたらまた泳いだり。

夏らしいことをしているなぁ、と思う。

去年の俺は何をしていただろうか。バイトに明け暮れていたせいで記憶《きおく》が曖昧だ。

でも多分、この夏のことは生涯《しょうがい》忘れないだろう。

「少々、喉《のど》が渇《かわ》きましたわね」

「あ、じゃあ俺が全員分買ってきますよ」

泳《およ》ぎ疲れて、浮き輪の上でのんびり休憩《きゅうけい》していたところだ。体力が戻ってきたので丁度いい。俺は海から上がり、鞄から財布《さいふ》を取り出した。

わたくしですから」

「五人分の飲み物を一人で運ぶのは厳しいでしょう？　それに、喉が渇いたと言ったのは
「あれ、天王寺さん？」

サンダルを履《は》いていると、背後から声を掛けられる。

「友成さん」


そう言いながら天王寺さんもサンダルを履く。

そのまま二人で自販機《じはんき》の方へ向かった。

一番近い位置にある自販機は短い行列ができていた。五人分買うと時間がかかって待っている人に迷惑かもしれないと思い、離れたところにある自販機に向かう。

「伊月さん」

辺りの人影《ひとかげ》が減ってきたところで、天王寺さんが俺の呼び方を変えた。

「……貴皇学院の生徒が近くにいるかもしれませんよ」

「いたとしても、この距離と声量で話していれば聞こえませんわよ」

それは、その通りかもしれないが……。

観念した俺は小さく吐息《といき》を零した。

「天王寺さんって、大胆《だいたん》だよな」

「ええ。わたくしは常に、大胆不敵《ふてき》に生きたいと思っていますの」

確かに俺の知る限り、その四字熟語が最も似合う人物と言えば天王寺さんだ。

しかし声が聞こえなかったとしても、その見た目は視線を引き付ける。

水も滴《したた》る金髪《きんぱつ》縦ロール――そんな言葉が脳裏《のうり》を過《よぎ》った。濡《ぬ》れた金色の髪《かみ》は美しく輝《かがや》いて見え、その派手さに見劣《みおと》りしないほどの発育のいい肢体《したい》が披露されている。

これは直視しない方がいい。

雛子の水着姿を見慣れている俺でも、目の毒になる。

「あら？　これは……」

自販機に近づくと、天王寺さんが小首を傾げた。

そうか。もしかすると貴皇学院に通うようなお嬢様《じょうさま》は、自販機を利用したことがないのかもしれない。

「これは自販機と言って――」

「ば、馬鹿にしないでくださいましっ！　そのくらいは知ってましてよ！」

「わ、悪い。まあ流石《さすが》に知ってるか」

今時、街中を歩けば自販機くらいいくらでも目にする。貴皇学院へ通学するだけでも複数目にするのだ。よく考えれば知らないわけがなかった。

一瞬、飲み物を何にするかで悩《なや》んだが、ここは無難にスポーツドリンクを選んだ。ゲテモノを選んで驚かせたい気持ちも少しあったが、それはまたの機会にしよう。

天王寺さんに二つ缶《かん》を渡し、俺が三つ持つ。

確かにこれを一人で運ぶのは大変だ。来てもらってよかった。

「……?」

天王寺さんは何やら心底不思議といった様子で、両手に持った缶をまじまじと見つめていた。蓋《ふた》、側面、底をじっくり見つめた後、不意に納得したように口を開く。

「缶切《かんき》りは別売りですの?」

「ぶ――っ!!」

予想外の一撃《いちげき》だった。思わず噴《ふ》き出《だ》す。

自販機は知っていても、缶飲料《かんいんりょう》は知らないらしい。

「こ、これは、こうやって開けるんだ。……くくっ」

「――っ!! 笑わないでくださいましっ! 笑わないでくださいましっ!!」

タブを開いて中身を飲んでみせると、天王寺さんは顔を真っ赤にした。

ぽかぽかと叩いてくるが、可愛らしいだけで全然痛くない。

「に、人数分買ったし、戻るか」

まだ笑いが込み上げてきそうなので、俺の声は若干《じゃっかん》震《ふる》えていた。

不服そうに頬《ほお》を膨《ふく》らませる天王寺さんと一緒に歩く。

その途中《とちゅう》、天王寺さんが唐突に足を止めた。

「伊月さん。少しお話していきませんこと？」

「話？」

「ええ。その……ちょっと相談したいことがありますの」

表情を見る限り、その内容は決して軽いものではないらしい。

続く言葉を待っていると、天王寺さんは勇気を振《ふ》り絞《しぼ》って語り出した。

「これは……そう！　たとえ話《ばなし》ですの！」

天王寺さん自身のことのようだ。

嘘がつけない人である。

「たとえば今ここに、ものすごーーーーーーく将来有望な少女がいるとしますわ！」

「ものすごーーーーーーく」

「ええ。ものすごーーーーーーく」

どのくらい凄いか分からないので、取《と》り敢《あ》えず天王寺さんと同じくらいだと脳内で仮定することにした。

「その少女は将来この国のトップか、それに並ぶほどの地位に君臨することが約束されていますの。けれど少女の心は決して鋼《はがね》ではない。寄《よ》り添《そ》える相手を……頼《たよ》れる相手を心のどこかで欲《ほっ》しているのですわ」

首を縦に振り、続きを促《うなが》す。

「もし、そんな少女に並び立ってほしいと言われたら……伊月さん。貴方《あなた》はどう思いますの？」

その問いかけを聞いて、俺は考えた。

どう、とはどういう意味だろうか。

質問の意図が読み解けない俺に、天王寺さんは補足するように続ける。

「その少女と寄り添うためには、当然、様々な試練を乗《の》り越《こ》えなければなりません。仕事は激務で、失敗は許されず、何千何万という部下を率いる立場になる……」

天王寺さんが、こちらを見つめる。

「……プレッシャーに、感じませんか？」

天王寺さんの瞳が微《かす》かに揺れる。

夏の暑さで頭がしばらく回っていなかったのかもしれない。今になって俺は相談内容の全貌《ぜんぼう》を理解することができた。

どうやら天王寺さんは不安を抱《かか》えているらしい。

自分が目立つ自覚はあるのだろう。だからこそ隣に立つ人の気持ちも真剣に考えているのだ。これは、俺には共感しにくい感情である。

俺たちのような凡人《ぼんじん》も、似たような形で気を使うことは多い。自分如《ごと》きではあの子と釣《つ》り合《あ》えないとか、自分如きではあの人の期待に応えられないとか、自分如きではあいつに意見を述べられないとか……貴皇学院にいる生徒もそういう考えは持っているだろう。

しかし天王寺さんの場合は逆。

俺たちのそういう気遣《きづか》いを感じて、自分もまた気を使おうとしているのだ。

気を使われる側だって馬鹿ではない。遠巻きに見られたり、変に遠慮《えんりょ》されたりするうちに気づくこともあるだろう。

自分は、この人たちの隣にいちゃいけないんだと。

（俺は……）

俺の場合は、どうだろうか。

相手は天王寺さんに並ぶほどの凄《すご》い人物。地位が高くて、権力が強くて、それでいて人格的にも尊敬できる。

そんな相手に、隣に立ってほしいと言われたら……。

「……プレッシャーは、ありそうだな」

正直な感想だった。

天王寺さんが視線を下げる。

「でも、とても光栄なことだと思う」

続けて告げた俺の言葉に、天王寺さんは顔を上げた。

天王寺さんに言われた通りの状況《じょうきょう》を、俺は頭の中でシミュレーションしてみた。その結果、俺の胸中には不安だけでなく他の感情も芽生えた。

その感情を吐露《とろ》するのは少し恥《は》ずかしいが……天王寺さんは茶化《ちゃか》さないだろう。

言葉を整理しながら語る。

「知っての通り、俺は貴皇学院に入ってから毎日苦労してきた。でも不思議なことに、そんな日々を楽しいと思う自分がいるんだ」

最初から今に至るまで、そして恐《おそ》らくこれからも苦労ばかりである。

だが、そんな日々でも俺が前向きに生きていられるのは――。

「……多分、誇《ほこ》らしいんだと思う」

「誇らしい……？」

「ああ。苦労はするけど、それ以上に貴皇学院での日々を誇らしく感じているんだ。凄い環境《かんきょう》で、凄い人たちと切磋《せっさ》琢磨《たくま》できて……毎日未熟を思い知らされるけど、その未熟を克《こく》服《ふく》する度に充実《じゅうじつ》を感じる」

その充実感がなければ、もうとっくに挫《くじ》けていただろう。

「だから、さっきの質問の答えも同じだ」

天王寺さんと目を合わせ、告げる。

「もし、その少女に並び立ってほしいと言われたら……俺は誇りに思うよ」

プレッシャーは責任の証《あかし》だ。

責任を預かるということは、信頼《しんらい》の証だ。

天王寺さんが言うような、ものすごーーーーーく将来有望な少女に信頼されたとしたら、俺はきっと誇りに思うだろう。

「……そうですの」

天王寺さんは静かに頷《うなず》いた。

どこか嬉《うれ》しそうなその表情を見て、俺はつい気になっていることを口にする。

「あの、天王寺さん。その少女っていうのは天王寺さんのことじゃ……？」

「……違いますわよ。わたくしはまだ、そこまで将来有望ではありませんから」

まだ、と言っている以上、目指してはいるようだ。

「ですが、今の話を聞いて、わたくしは決めましたわ」

天王寺さんはどこか楽しそうに続ける。

「わたくしはもっと高みを目指しますの。それこそ、他の追随《ついずい》を許さないつもりで」

不敵な笑《え》みを浮《う》かべて、天王寺さんは言った。

その瞳には今までにない挑戦的《ちょうせんてき》な意志が灯《とも》されている。

「具体的に、どうするつもりなんだ？」

「それはまだ決まっていませんが、方針を変えようと思いますの」

「方針？」

「今も昔も、わたくしは此花雛子に勝ちたいと思っていますわ。……悔《くや》しいですが、わたくしにとって此花雛子は理想であり、分かりやすい目標でもありますの。ですが以前、試験の点数で此花雛子と肩《かた》を並べた時、ふと考えたのです。学業で勝っただけでは、本当の意味での勝利にはならないかもしれないと」

天王寺さんは続ける。

「此花雛子を超《こ》えたいという目標を変える気はありません。しかし、学業だけにこだわる必要はないかもしれない。そう思っているのですわ」

無論、学業でも負けるつもりはありませんが――天王寺さんはそう続けた。

確かに、天王寺さんは雛子のことをライバル視していたが、具体的に競い合う分野としては主に学院での試験や……学業や成績といったものに終始していた。

天王寺さんは一度、学院の試験で雛子と点数が並んだ。その時に達成感だけでなく違和《いわ》感《かん》も覚えたのだろう。この道を突き進むだけで、自分は本当に満足するのか。真《ま》っ直《す》ぐ努力してきた天王寺さんは、その終着点を垣間見《かいまみ》て、他の道も検討したのだ。

「まあ、何をするかはこれから考えるつもりですが。……此花雛子にはなくて、わたくしだけが持っているもの。そういうものを磨《みが》いていきたいですわね」

方向性はまだ決まっていないらしく、天王寺さんは悩んでいるようだった。

何か力になれないかと思い、俺は考える。

学業以外で、天王寺さんが秀《ひい》でていることと言えば……。

「……天王寺さんは、人望があるよな」

思いついたことを口にする。

「でもそれは、此花雛子も同じですわ」

「いや、なんていうか……此花さんとは、質が違うというか」

上手く表現できない。

だが、雛子と天王寺さんの間には、確かに違いがあるのだ。

「……カリスマ、かな」

天王寺さんと雛子の違い。

その答えが、俺の中で少しずつ言語化できた。

「天王寺さんには、カリスマ性があると思う。集団を纏《まと》める力というか、この人の指示なら従おうっていう気持ちになれるというか……多分それは、此花さんにはない力だ」

実際、雛子は好きで人前に立つような性格ではない。能力的には可能だろうが、雛子の場合、人前に立つことを負担に感じている。

だから、天王寺さんが雛子に勝つことができる分野はそこなのだ。

雛子の本性《ほんしょう》を知っている俺だからこそ確信する。

天王寺さんは、誰かと関わることで、ひょっとしたら雛子より輝けるかもしれない。

「……そう、でしたのね」

話を聞いていた天王寺さんは、首を縦に振った。

「カリスマ……人を纏める……ええ、言われてみればしっくりきますわ。それらは確かにわたくしにとっての得意分野。此花雛子が相手でも負ける気がしません」

曖昧な感覚を言葉にすることで、自らの感情をはっきり自覚してみせる。

「それに……貴方に言われたなら、尚《なお》のこと自信も湧《わ》くというもの」

こちらを見てそう呟《つぶや》いた天王寺さんは、その瞳に決意を灯した。

「ありがとうございます、伊月さん。わたくし、やるべきことが見えましたわ」

天王寺さんは頭を下げた。

その声にはもう迷いがない。

「さしあたり、生徒会長でも目指すのも悪くありませんわね」

「生徒会長？」

「あら、知らないんですの？　再来月に貴皇学院の生徒会選挙が行われますの。家の仕事もありますので、不参加の予定でしたが……今、立候補すると決めましたわ」

この一瞬で具体的なプランまで練ったらしい。

ただでさえ優秀《ゆうしゅう》な生徒が集まる貴皇学院だ。その生徒会長になるには、並々ならぬ努力が必要だろう。天王寺さんでも苦労するはずだ。

「俺にできることがあればなんでも言ってくれ。協力する」

「ええ。その時があれば、伊月さんには存分に誇らしく思っていただきますわ」

視線を介《かい》して信頼が注がれる。

その信頼に応えられるように、俺も今から頑張《がんば》っておいた方がいいかもしれない。

「そろそろ戻りましょうか」

「ああ」

天王寺さんと一緒《いっしょ》に皆《みな》のもとへ戻る。

「ところで伊月さん。その背中にある赤い痕は、平野さんですか？」

「あー、いや、多分成香のもあるな。さっき何故か叩かれたんだ」

「……」

天王寺さんは何やら複雑な表情をした。

「……名前を書きたいところですが、ペンがないのでこれで許しますわ。えいっ！」

「痛いっ⁉」

天王寺さんに背中を叩かれた。

だから何故……？

◇

伊月と美麗《みれい》が二人だけで自販機の方へ向かってから、数分後。

二人が帰ってくる姿を、百合は黙って観察していた。

「飲み物を買ってきました」

伊月が三つ、美麗が二つ、合計五つ分の缶飲料を持ち運んでいる。そのうちの一つは既《すで》に蓋が開けられていた。伊月が飲んだようだ。

（お……これは多分、何かあったわね）

伊月と美麗の距離《きょり》感が、先程《さきほど》よりほんの少しだけ縮まっているように見える。

美麗は以前、百合に相談を持ちかけた。その件を伊月と話し合ったのだろう。二人の様子を見る限り、美麗にとって好ましい答えが聞けたようだ。

（さっきは敢えて気づいていないフリしたけど、都島さんとも二人きりで何かやってたみたいだし……二人とも順調に一歩踏《ふ》み出《だ》したみたいね）

伊月と成香が岩陰《いわかげ》の方へ向かっていたことも、百合は気づいていた。

あの二人の距離感も縮まっている。

どちらも応援《おうえん》している百合にとっては、一安心の結果だ。

（……ん？）

ふと、百合は隣にいる雛子の様子が変なことに気づいた。

いつだって人当たりのいい笑顔《えがお》だった雛子が……今は微かに苦々しい顔をしていた。

「どうしたの、此花さん？」

「いえ、なんでもないですよ」

言葉とは裏腹に、雛子の表情は硬《かた》いままだった。

その視線は、目の前にいる二人……先程より少しだけ仲睦《むつ》まじい様子の伊月と美麗にずっと注がれている。

それは、まるで二人の関係にヤキモキしているように見え――。

（なんでそんな顔するんだろ……？　此花さんは伊月のことが好きじゃないのに）

百合は首を傾げた。

◆

気がつけば空が暗くなっていた。

夏は昼が長いせいか、夜との境目が分かりにくい。いつの間に夕方が過ぎたのか、きっと俺たちの誰にも分からなかった。そのくらい楽しい一時を過ごすことができた。

そろそろ肌寒《はださむ》くなってくるので俺たちは海から上がる。

シャワーを浴び、着替《きが》えてからまた集まると、バーベキューの用意がされていた。

「バーベキューのセットをご用意しました」

静音さんが恭《うやうや》しく頭を下げて言う。

網《あみ》が置かれたコンロに、炭、炭ばさみ、そして肉や野菜など一通りの食材もある。これならすぐにでも始められそうだ。

「日本でやるのは久しぶりですわね」

「日本で？」

天王寺さんの発言が気になって、俺は首を傾げた。

「アメリカなどのホームパーティが盛《さか》んな国では、バーベキューを食べる機会がよくありますの。あれも社交界の一種ですわ」

「なるほど……」

グローバルな話だ。

しかし、よく考えれば当然か。この場にいるお嬢様たちの権威《けんい》は国内に留《とど》まらない。雛子もきっと海外の経験は豊富だろう。

「ちなみに、そのバーベキューは自分で肉を焼きましたか？」

「え？　バーベキューって専門の料理人がお肉を焼くものではありませんの？」

「……俺たち庶民《しょみん》にとっては、自分たちで作るものですね」

どちらが正しいという話ではないが、予想通りの勘違《かんちが》いをしているようだった。

すると、天王寺さんがそわそわとする。

成香も同様の素振《そぶ》りを見せた。

「……今回は自分たちで作ってみますか？」

「え、ええ！　やってみたいですわ！」

「わ、私も、自分で作ってみたいぞ……っ！」

好奇心旺盛《こうきしんおうせい》なお嬢様たちだ。

天王寺さんだけでなく、成香も自分で作った経験はないらしい。

「じゃあ、皆で作りましょうか」

百合がやる気に満ちた表情で言った。

天王寺さんや成香に経験がないなら、雛子も恐らくないだろう。

しかし、日頃《ひごろ》からお客さんに料理を提供している百合がいるなら問題ないはずだ。

「では、私たちは遠くにいます。何かあればいつでもお声掛《こえか》けください」

静音さんは頭を下げ、俺《おれ》たちから離《はな》れた。

この海はキャンプができる公園と隣接《りんせつ》しており、海と公園の間には洗い物ができる水道施設《しせつ》が備わっている。

まずはそこへ、皆で食材を運んだ。

「よし。まずは野菜を洗うところから始めないとね」

百合が両手を腰《こし》に当て、気合を入れる。

そこでふと俺は疑問を抱《いだ》いた。

「ところで皆さんは、そもそもバーベキュー以前に料理をした経験は……？」

お嬢様たちは首を横に振った。

ですよねー、と俺は内心で呟いた。

どうやらお嬢様たちは料理そのものをしたことがないらしい。

「……頑張らないといけないわね」

暫《しば》しの沈黙《ちんもく》のあと、百合が呟く。

主に自分が、という言葉は百合の優《やさ》しさによって隠《かく》されていた。

俺はバーベキューの経験こそないが、安物のフライパンで食材を炒《いた》めることくらいなら何度も経験している。積極的に手伝った方がよさそうだ。

雛子が申し訳なさそうに百合へ頭を下げた。

「ご指導ご鞭撻《べんたつ》のほどお願いいたします」

「ええ。まあバーベキューなんて、切って焼くだけだし、そんなに大したことは必要ないわよ。……包丁は私と伊月が使うとして、此花さんたちにはそれ以外の簡単な下拵《したごしら》えをしてもらいましょうか。具体的には……」

百合は手早く指示を出す。

運んできた食材とアルミホイルを一瞥《いちべつ》した百合は、続けて言った。

「……ジャガイモのホイル焼きも作りましょうか。そこにあるジャガイモの皮を剥《む》いてもらえる？　洗ったやつはここに置いてちょうだい」

「分かりました」

雛子たち三人のお嬢様は、ジャガイモとピーラーを手に取った。

雛子たちがジャガイモを調理している間、俺と百合は他の野菜を受け持った。

「百合、玉ねぎは輪切りでいいか？」

「ええ。あ、そっちのエリンギを取って」

パックに入ったエリンギを百合に渡《わた》す。

見たことのないブランドだった。パック自体が金色に輝いている。

「……流石にこのレベルの食材を使ったことはないわね」

「……やっぱり凄いのか、これ」

「ええ。ちなみにお肉の方も、ＢＭＳ12のものばかりだったわ」

「ＢＭＳ……？」

「平たく言うと、これ以上ない最高ランクってこと。シャトーブリアンもあったわよ」

肉の等級というとA5とかB4くらいしか知らないが、どうやら他にも等級を表わす基準があるようだ。

多分この玉ねぎも高価なものなのだろう。エリンギなどと違《ちが》ってこちらは網に入っているだけなのでブランドは分からないが、いつもより慎重《しんちょう》に扱《あつか》うことにした。

玉ねぎは先に包丁で両端《りょうたん》を切っておく。こうすると皮が剥きやすい。

「手慣れているわね」

「子供の頃《ころ》から色々やってたからな。料理も裁縫《さいほう》も、家では俺の仕事だった」

そういえば俺は、百合に料理している姿を見せたことがない。

試食会をする時、俺は何度か手伝いを申し出たが、いつだって百合は首を横に振り、俺にはひたすら寛《くつろ》いでほしそうにしていた。

少し新鮮《しんせん》な気分である。

時折、百合の手際《てぎわ》の良さに感動しながら、俺は料理を楽しんだ。

「アンタって昔から家庭科の成績はよかったもんね。先生にもよく褒《ほ》められてたし」

百合が包丁を下ろしながら言った。

朧《おぼろげ》気だがそんな記憶もある。

「そういえば貴皇学院は、家庭科の授業がないな」

「へ～。お嬢様は、料理も裁縫も使用人に任せるのが普通《ふつう》なんでしょうね」

「そうだな。……そう考えると、料理ができないのも当然か」

玉ねぎの輪切りが終わった。

さて、お嬢様たちはどうしているだろうか。

念のため様子を確認《かくにん》する。

「分かりましたわ！　これは、こう持つのですわ！」

「いや、この刃物《はもの》の角度……敢えて逆手で持つと見た」

まだジャガイモの皮を剥けてすらいなかった。

天王寺さんと成香が、ピーラーの持ち方について議論している。

雛子は無言で佇《たたず》んでいるが、小首を傾げながら持ち手の穴に指を入れて、回したり揺《ゆ》らしたりしていた。完璧《かんぺき》なお嬢様としての体裁《ていさい》を守るために黙ってはいるが、他二人と同じく使い方が分かっていないようだ。

「……ピーラーの使い方から教えた方がよさそうだな」

特に天王寺さんがちょっと危ない持ち方をしている。

遠くにいる静音さんを一瞥すると、物凄《ものすご》くハラハラしながらこちらを見ていた。いつもの凛《りん》とした姿からは想像もつかない珍《めずら》しい姿だが、このままだと怒《おこ》られそうなので俺はすぐに三人のもとへ向かう。

「友成さん！　正解は誰《だれ》ですの⁉」

「全員間違《まちが》いです。これはこうやって持って――」

天王寺さんも成香も自分が正しいと思っていたのか、ガーン！　と効果音が聞こえるくらい落《お》ち込《こ》んだが、無視させてもらった。

ピーラーの使い方と、ジャガイモの芽の取り方について詳《くわ》しく説明する。

傍《はた》から見れば前途《ぜんと》多難《たなん》に思えるかもしれない光景だったが、俺はさして焦《あせ》っていなかった。――彼女《かのじょ》たちは貴皇学院のお嬢様である。一度正しい知識を教えさえすれば、すぐにその聡《さと》い頭脳を回転させ、適応してみせる。

黙々《もくもく》と下拵えを始めた雛子たちを見て、俺は自分の持ち場へ戻《もど》った。

玉ねぎは全部切り終えたので、次は椎茸《しいたけ》の下拵えを始める。

いしづきを取り除いて、かさの表面に切り込みを入れていると、隣《となり》の百合がじーっとこちらを見つめていることに気づいた。

「驚《おどろ》いた。……アンタ、慣れてるのね」

「慣れるって、まあ百合ほどじゃないけど、俺も多少は料理をしていたし――」

「そうじゃなくて」

百合は縦に切ったエリンギの束を、皿の上に載《の》せる。

「お嬢様を相手に、もの教えることに慣れてる。……お嬢様たちも、アンタの話を真剣《しんけん》に聞いていたし、こういうやり取りはよくあるの?」

ピーマンを手に取った百合は、それを水で洗いながら尋《たず》ねる。

「それなりに濃《こ》い時間を共有しているからな。多少の信頼関係は築けているさ」

「ふぅん。……凄いじゃない。あの貴皇学院の人たちに頼られてるなんて」

蛇口《じゃぐち》から流れる水に、百合はピーマンを一つ一つあてた。

「……私がお世話していた伊月は、どこに行っちゃったのかしらね」

視線を下げたまま、百合が呟く。

その横顔は、ほんの少し寂《さび》しそうに見えた。

◆

「さあ！　お肉が焼けたわよっ！」

野菜と一緒に焼いていた肉が、ようやく食《た》べ頃《ごろ》になった。

取り皿を持って近づくと、百合がトングで肉を入れてくれる。

「ああ。不思議と格別に美味《うま》く感じる！」

塩胡椒《こしょう》で味付けされたものからタレで味付けしたものまで、色んな肉を俺たちは口に入れた。舌が肥えたお嬢様たちも大満足の様子だ。

「苦労して作った甲斐《かい》がありましたね」

「そう！　そうなのよ、此花さん！　料理の醍醐味《だいごみ》はまさにそういうとこなの！」

雛子の一言を聞いて、料理人である百合はとても嬉しそうに語った。

「苦労して作った料理は美味しいでしょ？　でもそれを、誰かに食べてもらって美味しいって言われた時は、もっといい気持ちになれるわよ」

百合が熱弁する。

その話を聞いた後、天王寺さんと成香が急に肉や野菜を焼き出した。

「友成さん。お肉が焼けましたわ」

「伊月、玉ねぎが焼けたぞ」

肉と玉ねぎが皿に載せられる。

今のお嬢様たちにとっては、焼くだけでも十分料理だろう。

「ええと、どっちも美味しいです」

「美味《おい》しいですわ！」

二人のお嬢様が顔を明るくして喜んだ。

「平野さんが持ってきてくださった料理も美味しいですね」

「ありがと。バイト先からいい食材を貰《もら》ってきた甲斐があったわ」

雛子が持つ紙皿には、バーベキューの肉や野菜だけでなく、百合が事前にホテルで用意してくれた料理も幾《いく》つか載せられていた。

バーベキューだけでは物足りないかもと思って、数点ほど持ってきてくれたらしい。バイトで学んだ技術を実践《じっせん》したかったとも言っていた。

「わたくし、今回で料理の腕《うで》はまだまだだと痛感しましたが、舌には今も自信がありますわ。……素材の良さは勿論《もちろん》ですが、この奥深《おくぶか》くて繊細《せんさい》な味は、長い月日をかけて研究しなくては生み出せないものでしょう。平野さんの料理に対する真摯《しんし》さが伝わってきますわ」

「ん、んふふ……そこまで褒められると、流石に照れちゃうわね」

天王寺さんのような、如何《いか》にも舌が肥えていそうな人に褒められたことが嬉しかったのだろう。百合は顔を赤くして喜んでいた。

「このハンバーグも大変美味ですが、こちらのお肉も美味しいですわね。これは何という料理なのですか？」

「それは生姜焼《しょうがや》きね。お口に合ったようでよかったわ」

「この揚《あ》げ物《もの》も美味しいぞ。なんていうか、食が進む味だ！」

「メンチカツね。……生姜焼きとメンチカツって、お嬢様は食べないのかしら」

言われてみれば貴皇学院の食堂にそれらのメニューはない。

いわゆるＢ級グルメに該当《がいとう》する料理を、お嬢様たちは知らないのかもしれない。

「友成君は普段《ふだん》、平野さんの家で何を食べていたんですか？」

「ん？　確か……ハンバーグとメンチカツ、あとは生姜焼きだったかな」

お嬢様モードの雛子に訊《き》かれ、俺は記憶《きおく》を手繰《たぐ》り寄《よ》せて答えた。

すると、先程まで賑《にぎ》やかだった空気がいきなり凍《こお》り付《つ》く。

天王寺さんは、百合が持ってきた料理をざっと見て口を開いた。

「……友成さんの好物ばかりありますわね」

「えっ⁉　いや、あの……ぐ、偶然《ぐうぜん》よ！　偶然っ‼」

百合は焦燥《しょうそう》しながら弁解する。

「し、仕方ないでしょ！　伊月は私の試食係だったから、得意料理が自然と伊月の好みに偏《かたよ》っちゃってるのよ！」

俺もどうせそういうことだろうな、と思っていたが、お嬢様たちは「へー」と訝《いぶか》しみながら適当な相槌《あいづち》を打っていた。

「しかし、これは……本当に美味しいですね」

百合の料理を食べながら、静音さんは感心したように呟く。

「ご実家が繁盛《はんじょう》されているのも納得《なっとく》の味です。……バーベキューのお肉も、とても柔《やわ》らかい。平野様、こちらは何か工夫《くふう》をされているのですか？」

「えっと、そのお肉はミートインジェクターで林檎《りんご》ジュースを注入したんです。元がいいお肉でしたから、柔らかくするというよりは味変みたいなものですけど」

そう言いながら百合は銀色の注射器のようなものを手に持って見せた。

肉を焼く前に百合は軽く説明していた。世の中には肉を果汁《かじゅう》に漬《つ》け込《こ》むことで柔らかくするというテクニックがあるらしいが、あの注射器のような道具を使えば肉の内部に果汁を入れられるので、短時間で柔らかく、かつ分厚い肉の中まで味付けができるようだ。

「……平野様は、料理の腕を磨きたくて軽井沢《かるいざわ》でバイトしているのですよね？」

「そうですが……」

「よろしければ、うちでも働きますか？」

「はいっ⁉」

目を見開く百合に、静音さんは続ける。

「平日は学校があるでしょうから、休日のどちらか……週一日のバイトで構いません。平野様さえよろしければ、検討いたします」

唐突《とうとつ》な提案に、百合は硬直《こうちょく》していた。

ぎぎぎ、と音が聞こえるように、百合は固まった首をゆっくり俺の方へ向ける。

「い、伊月……どうしよ……」

「いや、俺に訊かれても……」

俺にとっても唐突な提案だ。

二人揃《そろ》って驚いていると、静音さんが口を開いた。

「そう畏《かしこ》まる必要はありません。こちらとしては、平野様には弱みを握《にぎ》られたようなものですから、その口止め料のようなものです」

「弱みって……あ、伊月のことね」

俺が本来の身分を偽《いつわ》って貴皇学院に通っていることだ。

なるほど、静音さんの考えが見えてきた。

百合を料理人として招いてみたいという気持ちも本音だろう。しかしそれとは別に、俺の事情を知っている百合を、なるべく此花家に巻き込みたかったのだ。

言い方が悪いかもしれないが、首輪をつけたいということだ。

できるだけ、百合を目の届く場所に置きたいのだろう。

「……うちの店のこともあるし、ちょっとだけ時間をください」

「承知いたしました。お返事、お待ちしております」

百合の真剣な答えに、静音さんは頷いた。

百合の実家も忙しいはずだ。相談しなくてはならないことは多いだろう。

とはいえ、料理の腕を磨きたいと思っている百合にとって、この提案は非常に魅力的《みりょくてき》なはず。百合の瞳《ひとみ》は野心に燃えていた。

その後も俺たちは食事を続け、バーベキューも百合の料理も完食した。

「ふう、お腹《なか》いっぱいですわね」

天王寺さんが満足そうに腹を擦《さす》る。

「それじゃあ、締《し》めはやっぱりこれでしょ！」

そう言って百合が鞄《かばん》から取り出したのは、大きくて平べったい袋《ふくろ》だった。中には細長い筒状《つつじょう》のものが大量に入っている。

花火セットだ。……いつの間にそんなものを用意していたんだ。

「平野さん、それは一体……？」

「あれ、知らない？　花火だけど」

「花火って、空に打ち上げるアレですわよね。そんなに小さいものから出るんですの？」

雛子と天王寺さんが不思議そうな顔をする。

なるほど。どうやらお嬢様《じょうさま》たちは、打ち上げ花火しか知らないらしい。

「これは手で持つタイプの花火よ。……見てて」

百合が点火棒で花火の先端《せんたん》に火をつける。

しばらくすると、黄色い火花が放たれた。

「も、燃えましたわっ⁉　水！　水を持ってきてくださいましっ‼」

「大丈夫《だいじょうぶ》よ。これは、こうやって見て楽しむものだから」

混乱する天王寺さんに対し、百合は落ち着いて言う。

手持ちの花火はこういうものなのだと理解したお嬢様たちは、バチバチと音を鳴らしながら飛び散る火花を無言で眺《なが》めた。

「綺麗《きれい》、ですね」

「……ですわね」

お嬢様たちにとって、手持ち花火の楽しさは初めて経験するものだったらしい。そういえば俺も子供の時は、あの二人みたいに目を輝《かがや》かせていたような気がする。

「成香はこのタイプの花火を知ってたのか？」

「ああ。夏になると偶《たま》に行きつけの駄菓子屋《だがしや》で売っているからな。でも、実際に火がついたものを見るのは初めてだ。……色鮮《いろあざ》やかで面白《おもしろ》いな」

成香も花火に見惚《みと》れていた。

「他にも色んな花火があるから、思いっきり楽しみましょっ！」

百合が色んな花火を紹介《しょうかい》する。

こうして皆で遊んでいると、庶民と上流階級の間にある透明《とうめい》な壁《かべ》が、夜の闇《やみ》に溶《と》けて消えていくような気がした。手持ち花火に興味津々《きょうみしんしん》といった様子を見せる雛子たちは、子供だった頃の俺や百合とそっくりだ。

住んでいる世界が違っても、一つの感情を共有できる証拠《しょうこ》だった。

「皆様《みなさま》、お飲み物を用意いたしました」

程《ほど》よく遊《あそ》び疲《つか》れたところで、静音さんが俺たちに呼びかけた。

「丁度欲《ほ》しかったところですわ」

「私もだ。煙《けむり》を吸ってしまったかもしれないな」

花火は残りあと僅《わず》かとなっている。全て使い切れば軽井沢へ帰る予定だ。

いつか終わりが来ると分かっていても、できるだけ引き延ばしたいのだろう。最後の最後まで今日という一日を丁寧《ていねい》に楽しみ、心に刻みつけたい。その気持ちはよく分かる。

特にお嬢様たちは多忙《たぼう》だ。こんなふうに一日を楽しめる機会なんてそう多くないんじゃないだろうか。初めてのプライベートビーチではない海、初めての自分で肉を焼くバーベキュー、初めての手持ち花火。お嬢様たちにとって今日はいい経験にもなっただろう。

「ふぃー……」

隣に佇む雛子が、ゆっくりと息を零《こぼ》した。

周りに誰もいないことを確認し、俺は素の雛子へ語りかける。

「雛子、疲れてるだろ」

「……ちょっとだけ」

雛子は確かに疲労《ひろう》しているようだが、充実感に満《み》ち溢《あふ》れているようにも見えた。

雛子の場合は演技による疲労もあるが、今日に限っては単に遊び疲れたというのもあるだろう。なにせ今日は丸一日遊んでいるのだ。雛子だけでなく俺だって疲れている。

改めて周りを見る。

俺たち以外の皆は飲み物を取りに行っていた。

今なら誰にも見られていない。

「少しここでゆっくりするか」

「ん」

雛子と二人で、浜辺《はまべ》にしゃがむ。

「……私も、伊月に何か食べてほしかった」

悲しそうに雛子が言った。

演技中はやりたいことができない。

そんな雛子の負担に、俺は同情した。

「じゃあ、家に帰ってから何か作ってもらってもいいか？」

「……ん。楽しみに、してて」

雛子が嬉《うれ》しそうに言う。

たとえカップラーメンがきたとしても、雛子が作ってくれたなら喜ぼう。

「花火は楽しめたか？」

「ん。面白かった」

雛子は明るく頷《うなず》いた。

「伊月は、花火……やったことあるの？」

「ああ。といってもそんなにないけどな。遊ぶ暇《ひま》もなかったし、金もなかったし」

だから俺にとっても花火は久々だった。

そういえばこんな色をしていたなと思っていた。

「ただ、線香《せんこう》花火だけは何度もやったことがあるな」

「線香花火……？」

「ああ。ちょっと待っててくれ、持ってくる」

百合が持ってきた花火の袋から、線香花火を幾つか取り出す。

雛子のもとへ戻った俺は、すぐにそのうちの一つへ火を点《つ》けた。

「これで、先端を燃やして……そっと下に向けるんだ」

一瞬《いっしゅん》だけ小さな花のように火が広がる。すぐに火は内側へ閉じこもろうとして、オレンジ色の玉ができた。

微《かす》かに揺れる玉からは、絶え間なく火花が散っている。

「おぉ……」

「綺麗だろ？」

「ん。さっきまでの花火とは、ちょっと違う感じ。……私もやりたい」

「そう言うと思って沢山《たくさん》持ってきた。火は俺が点けるぞ」

今の雛子に火を点けさせるのは不安なので、俺が代わりに着火させる。

「おぉぉ……」

雛子は目を輝かせて線香花火を見つめていた。

「なんで、伊月はこれを何度もやったの？」

「……まあ、安いからな」

雰囲気《ふんいき》を壊《こわ》してしまいそうなので、俺はやや遠慮《えんりょ》気味に言った。

けれど雛子は全く気にしていない様子だった。

「線香花火は安いし、他の花火と比べて長持ちする。だから両親も買ってくれたんだと思う。……当時の俺にとっては数少ない娯楽《ごらく》の一つだったから、一日一本ずつ、じっくり遊んでたんだ。なるべく長く保たせてみたり、わざと揺らして形を崩《くず》してみたり。……なんだかんだ、俺は線香花火が一番好きだな」

ちなみに友成家では一度、線香花火を蝋燭《ろうそく》の代わりにできないか試《ため》したことがある。しかし上手《うま》くいかず、家族揃って落ち込んだ。上手くいけば食費が浮《う》いたのに。

そういうエピソードも含《ふく》めて、思い出の一つなんだろう。

パチパチと音を立てる火の玉を見つめると、いい記憶も悪い記憶も蘇《よみがえ》った。

昔と比べると、俺は今の方が絶対にいい生活をしている。だから過去に戻りたいとは微《み》塵《じん》も思わない。しかし、そんな俺にも郷愁《きょうしゅう》という感情はあるようだった。

この感情は肯定《こうてい》したい。たとえ過去がよくないものだったとしても。

「伊月にとって……思い入れのあるもの？」

雛子が線香花火を見つめながら訊いた。

「……そうだな、そうかもしれない」

きっと、俺にとっては本当に数少ない思い入れのあるものだ。

今この瞬間《しゅんかん》、それを自覚した。

「じゃあ、私も……」

雛子が手元の花火を見つめながら、呟く。

橙色《だいだいいろ》の光に照らされた綺麗な顔が、ゆっくりとこちらを振《ふ》り向《む》き、微笑《ほほえ》んだ。

「私も……これが一番好き」

優しく微笑みながら、雛子が言う。

その顔が——何故《なぜ》かいつもより美しく見えた。

波の音や、手元の花火から聞こえるパチパチという音が途端《とたん》に遠のく。明滅《めいめつ》する火に照らされた雛子の優しくて儚《はかな》い笑顔だけが、俺の視界に映っている。

鼓動《こどう》は落ち着いていた。

けれど頭は回らなかった。

ずっとその顔を見ていたいと思う。

郷愁に浸《ひた》っていた感情が、より穏《おだ》やかで温かい感情に塗《ぬ》り替《か》えられていく。

「お二人とも——っ！　お飲み物、ぬるくなってしまいますわよ———!!」

天王寺さんの大きな声が聞こえて我に返る。

雛子はもうすっかり回復しているようだった。

俺も喉《のど》が渇《かわ》いたし、皆のもとへ向かおう。

「行くか」

「ん。……抱っこ」

「見られるかもしれないから、今は駄目《だめ》だ」

「ちぇー……」

隙《すき》あらば甘《あま》えてこようとする雛子に俺は苦笑《くしょう》した。

今の雰囲気なら、危《あや》うく応えてしまうところだった。

雛子と一緒に歩き出す。

その途中《とちゅう》、俺はほぼ無意識に両手で背中を守った。

「……伊月?」

「あ、いや、今日は背中を叩《たた》かれることが多くてな。よく分からないが、百合に叩かれた場所を成香と天王寺さんにも叩かれて……」

「ふーん……」

立て続けにそういうことがあったため、ほぼ反射的に背中を庇《かば》ってしまった。

　すると雛子は何やら考え込み、

「……伊月が今日着てた水着は、どこの店で買ったもの？」

「それは、確か此花グループの系列店だったか……」

　海水浴場へ来る前、皆《みな》で寄り道した店のことを思い出して答える。

「伊月が普段、住んでいる場所は？」

「此花家の屋敷《やしき》だな」

「伊月が普段、誰の傍で働いてる？」

「勿論、雛子だな」

　何が訊きたいんだろうと思っていると、雛子は満足げに頷いた。

「私の圧勝……気にする必要、なし」

「？」

　よく分からないが、雛子は俺の背中を叩く気がないらしい。

　まあ今までの三人もそこまで痛くなかったので、別に問題はないが。……いや、成香だけは若干《じやつかん》痛かったかもしれない。

「伊月。……平野さんのこと、どう思ってる？」

　不意に雛子が訊いた。

「どうと言われても、幼馴染《おさななじ》みとしか言いようがないな」

そう答えると、雛子は微妙《びみよう》な顔をした。

俺の答えが気に入らなかった……というより、自分の質問が拙《つたな》かったせいで本当に聞きたいことが聞けなかったような、どこかもどかしそうな顔をしている。

「……伊月は、昔の友達と会いたい？」

再び雛子が質問した。

先程《さきほど》とは少し意味が異なる問いかけだ。

「まあ、そうだな。偶には会いたいな」

「……そっか」

今度は満足したのか、雛子は口を閉ざす。

そろそろ皆の近くに行くため、雛子はお嬢様モードに切り替えた。

シャッキリと伸《の》びた背筋を眺めながら、俺は首を傾《かし》げる。

今のは、何のための質問だったんだろう。

◇

百合はグラスに入った飲み物を口に含んだ。自家製のスポーツドリンクらしい。柑橘系《かんきつけい》の爽《さわ》やかな香りと微かに甘い味が特徴的《とくちょうてき》だった。

此花家のメイド・静音が用意してくれた飲み物は、いかにも高級そうなグラスに入っている。ペットボトルや紙コップのような手軽な道具を使わない辺り、セレブ独特の余裕《よゆう》というか、丁寧さが窺《うかが》えた。

「あれ、伊月と此花さんは？」

喉を潤《うるお》したところで、百合は近くに伊月と雛子の姿がないことに気づいた。

「……そういえば、いませんわね」

「ちょっと私、見てくるわ」

百合は二人分のグラスを持って、伊月たちを捜《さが》した。

花火を始めた頃はまだそこまで暗くなかったはずだが、気づけば数メートル先が見えないくらいには夜が深まっていた。丁度、月が雲で隠れている。

しかし伊月たちの姿は簡単に見つかった。花火の光が導いてくれた。

二人の顔は線香花火の火花に照らされている。

二人は百合が近づいていることに気づいていない。二人は光に照らされているが、百合は夜の暗闇《くらやみ》に包まれている。向こうからこちらは見えないのだろう。

百合は二人に飲み物を届けようとしたが、その横顔を見て——立ち止まった。

（……あ）

火花に照らされている雛子の表情は、今までにないくらい穏やかだった。

ただ人当たりのいい表情というわけではない。慈《いつく》しんでいるようで、楽しんでいるようで、微睡《まどろ》みにも似た安らかさを感じているようで……まだ出会って日の浅い百合だが、今の彼女が特別な顔をしていることはすぐに分かった。

その瞬間、百合は直感する。

（そっか。……此花さんも、そうなんだ）

雛子が抱《かか》える感情の正体を、百合は察した。

二人のもとへ向かおうとしていた足を、真逆の方向へ伸ばす。

今は近づかない方がいいだろう。そう思った。

「…………あれ」

ふと、百合は自分の足取りが重たいことに気づいた。

潮風が先程よりも冷たく感じる。肌《はだ》のべたつきも妙《みょう》に不愉快《ふゆかい》だ。

伊月は確かに、異性に好かれるだけの長所がある。

けれど、こんなに——これほど想《おも》いを寄せられているとは、予想だにしなかった。

（なんだろう……この気持ち）

モヤモヤが募《つの》る。

百合の知っている伊月は、どこか冴《さ》えない雰囲気が抜《ぬ》けない少年だった。

百合の知っている伊月は、異性と会話する時、もっと緊張《きんちょう》してしまう男だった。

身体つきだってそうだ。百合の知っている伊月はあんなに逞《たくま》しくはなかった。

よく見れば立《た》ち振《ふ》る舞《ま》いもおかしい。百合の知っている伊月は、あんなに背筋が真《ま》っ直《す》ぐ伸びていなかった。

数日前。部屋で料理を食べさせた時は昔と変わっていないと思っていたのに——一緒《いっしょ》に過ごしていれば、少しずつそうではないことに気づかされる。

百合の知っている伊月と、現実にいる伊月が、重ならない。

現実にいる伊月には、もはや欠点と思《おぼ》しきものが見えないような気がして——。

「…………違う」

そんなこと、あってはならない。

頭の中にいる伊月と、現実にいる伊月。二つの像を強引《ごういん》に重ねる。

伊月はお人好《ひとよ》しで、なんだかんだ人に好かれるような男だ。

けれど、幾つかの欠点がなくてはならない。

でないと、私は――――。

平野百合の存在意義が――――。

五章◆十年間の勘違い

海で遊んだ翌朝。

いつも通り俺《おれ》たちは食堂に集まっていた。

対面に座《すわ》る天王寺《てんのうじ》さんは、オムレツを食べている。ここ数日ずっとそれを食べていたので、多分、気に入ったのだろう。

そんな天王寺さんは、微かに身体が震《ふる》えていた。

「天王寺さん、寒いんですか？」

「いいえ。これは武者震《むしゃぶる》いですわ……今回の試験、わたくしは自信があります。今度こそ此花雛子《このはなひなこ》に勝利してみせますの」

冷房《れいぼう》で身体が冷えたのかと思ったが、そういうわけではなさそうだ。

「夏期講習も今日で終わりか。そう考えると寂しいな」

成香《なりか》が呟《つぶや》く。

俺も雛子も……きっと皆が同様の気持ちを抱《いだ》いていた。

「俺と此花さんは明日帰る予定だけど、皆はどうなんだ？」

「わたくしも同じですわね」

「私は明後日だな。父が店舗《てんぽ》の視察に行くから、付き添《つそ》うことになったんだ」

成香の実家は日本最大手のスポーツ用品メーカーだ。大正《たいしょう》や旭《あさひ》さんの実家と同じく、企業《ぎきょう》ではなく一般《いっぱん》消費者を顧客《こきゃく》とするビジネス形態――いわゆるＢｔｏＣであるため、全国各地に店舗がある。軽井沢に来たので、ついでに付近の店舗を視察しているのだろう。

二人の答えを聞いた後、俺は百合《ゆり》の方を見た。

俺は百合にも質問をしたつもりだったが――当の本人は上の空で、ぼーっと虚空《こくう》を見つめていた。

「百合？」

「え？　あ、ごめん。聞いてなかったわ」

少し遅《おく》れてから百合が反応する。

「何かあったのか？」

「別に、そんなんじゃないわよ」

返事にいつもの元気がない。

よく考えたら、ほぼ毎日バイトしている百合を海に誘《さそ》ったのは配慮《はいりょ》に欠けていたかもしれない。海でもだいぶ動き回っていたし、疲れているのではないだろうか。

「今日は皆、試験の結果発表なんだっけ？　……なるほど、どうりで今日は不安そうなお客さんが多いわけね」

食堂を見渡《みわた》して百合が言った。

俺たちは寧《むし》ろ不安が少ない方である。雛子と天王寺さんは問題なく高得点だろう。不安なのは俺と成香の二人だけだ。

「そういえば平野《ひらの》さんは、伊月《いつき》に勉強を教えていたんだったな」

「まあね。こいつ、バイトが忙しいせいで授業に全然集中できないこともあったから。だから勉強にはちょっとだけ自信あるわよ」

へぇ、とお嬢様たちが感心する。

成香が何故それを知っているのかは疑問だったが、そういえば海へ行く前、百合がコソコソと何かをしていた。恐《おそ》らく俺の知らないところで二人は話していたのだろう。

こうして考えると百合も大概《たいがい》ハイスペックだ。確かに百合は昔から勉強にも力を入れていた。「料理しかできない馬鹿って思われるのも癪《しゃく》でしょ？」……そんなことを言っていた気がする。負けん気の強い百合らしいモチベーションだ。

「ねえ。試験の問題ってどんな感じだったの？」

「それは……こんな感じだ」

椅子《いす》の下に置いてある鞄から、試験問題を出して百合に見せる。

百合は問題をしばらく見つめて……そのまま硬直した。

「えっと、伊月はこれ……意味、分かるの？」

「意味くらいならなんとかかな」

問題文を読み解くことくらいならできる。

「あー、うん。私も、ちょっとだけなら分かるかも」

「嘘《うそ》だろ……」

俺がそれを理解するのに、どれだけ時間が掛《か》かったと思っているんだ。

「それで、その……アンタはこれ、解けたの？」

そう訪ねる百合の瞳には、妙な感情が含まれているように見えた。

不安。――何故か百合は怯《おび》えを含んだ面持《おもも》ちで質問する。

その理由は分からないが、俺は一先《ひとま》ず正直に答えた。

「解けていたら、こんな顔をしてないだろ」

「……そうよね！」

多分、死んだ魚のような目をしている俺を見て、百合の表情から不安が消える。

「まあ、こんなの普通《ふつう》は解けないわよ！　なんだかんだ伊月はこっち側の人間ね！」

「ぐっ……今回ばかりは言い返せない」

両手を腰《こし》に当てて言う百合に対し、俺は反論できなかった。

やはりまだ俺は貴皇学院《きおうがくいん》の皆にはついていけていない。努力不足を痛感する。

「……そうでしょうか？」

天王寺さんが、小さな声で呟いた。

「まあまあ、試験前も言ったけど、悪い点数だったら私がハンバーグセットを作ってあげるから。それで機嫌《きげん》を直しなさいよ」

静音《しずね》さんのスパルタ教育が待っていることを考えると、ハンバーグセット十食分くらいはないとバランスが取れない。

「結果が出たらメッセージを送ってちょうだい？　私、今日はお昼までバイトだから」

「……分かった」

そろそろ教室に向かわなくてはならない時間だ。

俺は雛子たちと一緒に食堂を出る。

「夏期講習も、これで最後と思うと寂《さび》しいですわね」

「ああ。勉強は大変だったが、いい思い出になった」

教室に入ると、天王寺さんと成香が寂しそうに話し合っていた。

他の学生たちも似たようなことを話し合っている。その雰囲気を感じて、俺もまたこの一週間のことを思い出し、寂しい気持ちになった。

「では、試験の答案を返却《へんきゃく》いたします」

教壇《きょうだん》に立つ講師が、学生の名を呼んで答案用紙を返却する。

「友成《ともなり》伊月さん」

「はい」

結果を見るのが怖《こわ》い。

恐る恐る答案を受け取った俺に、講師は優《やさ》しく微笑んだ。

「頑張《がんば》りましたね」

「え……」

◇

「平野さん。そろそろ休憩《きゅうけい》入っていいわよ」

「はーい！」

キッチンの調理スタッフとして働いていた百合は、そろそろ休憩時間だと気づき、簡単に器具を整理してからキッチンを出る。

エプロンを脱《ぬ》いでロッカーに入れた百合は、スマホを取り出し休憩室《きゅうけいしつ》のドアを開いた。

「あ、平野さん。お疲れ様」

「はい、お疲れ様です」

休憩室には先輩《せんぱい》が一人いた。バイト初日から色々勉強させてもらっている、気さくな女性である。離《はな》れて休むのも気まずいので、百合は先輩の隣《となり》にある椅子を引く。

「平野さん、来週までだっけ?」

「そうです。本当はもう少しここで勉強したかったんですけど……」

「家のお仕事を手伝うんでしょ? まだ若いのに偉《えら》いわね～」

「好きでやってることなので大丈夫です! うち、あんまり大きな店じゃないですし、メニューが多いのでバイトも雇《やと》いにくいんですよ」

「少数精鋭《せいえい》で回してるのね。本格的でいいじゃない」

そう言われると悪い気はしない。ニマニマと唇《くちびる》で弧《こ》を描《えが》いてしまう。

しかし全国チェーン店にするという目標を考えると、属人的な技術は避《さ》けた方がいいかもしれない。料理が未経験な若者でも、しっかり学べば身に付けられるような調理法を考えねばならないだろう。

野望を実現するための道筋について考えていると、ふと頭の中に、他の気になっていることが浮上《ふじょう》した。

「あの、先輩」

「なに？」

「マクロ経済学って分かります？」

「え？　マグロ……なんて？」

百合は「なんでもないです」と短く告げ、椅子に腰を下ろした。

やっぱり、普通は分からない。

い、い、い、い、い、い、い、いはずだ。

それなら伊月も分からないはずだ。

ハンバーグセットの準備を早めにしておいた方がいいかもしれない。百合はホテルの部屋にある食材を思い出し、足りない調味料はないか考える。

「……あ、伊月からメッセージ来てる」

スマホの画面を見ると、通知があった。

（さてと。伊月の試験結果はどうかな～？）

夏期講習なので赤点という概念《がいねん》があるかは分からないが、落《お》ち込《こ》んでいることは予想できる。頭の中で慰《なぐさ》めの言葉を幾《いく》つか思い浮かべながら、百合はメッセージを確認《かくにん》した。

試験の結果だけど――伊月からのメッセージはそんな文章で始まっていた。

「…………え」

その内容を見て、百合の頭は真っ白になる。

ご丁寧に伊月は全科目の点数を書いてくれていた。

だがその点数は、百合の予想とは全く異なっていた。

今日は試験の返却だけで終わりとのことだったので、伊月たちは既《すで》に自由時間を満喫《まんきつ》しているはずだ。百合は先輩から離れ、微かに震える手で伊月へ通話をかけた。

通話はすぐに繋《つな》がった。

「あ、えーっと、もしもし？　伊月？」

『どうした？』

「いや、その……試験の結果、見たわよ」

声の震えを自覚しないまま、百合は言う。

「成績優秀者《ゆうしゅうしゃ》に、選ばれたって……」

伊月はメッセージでそう伝えていた。

あんなに自信なさそうだったのに、解けていないって言っていたのに……伊月は、夏期講習に参加した生徒たちの中でも優《すぐ》れた点数を叩き出していた。

「点数……よかったのね。自信なかったんじゃないの？」

『自信はなかったんだが、どうも俺だけじゃなくて皆そうだったみたいだ。夏期講習には貴皇学院以外の学校からも生徒が来てたし、それで相対的に上がったんだと思う。……取《と》り敢《あ》えずこれで静音さんのスパルタは回避《かいひ》できたな』

ふう、という安堵《あんど》の息が聞こえる。

しかし百合の不安は止まらない。

額に嫌《いや》な汗《あせ》が浮かぶ。胸中の感情を誤魔化《ごまか》したくて、何か適当な発言をしようと思って百合が口を開いたその時――。

『まあ、わたくしとしては予想通りですわね』

美麗《みれい》の声が聞こえた。

近くにいつものお嬢様たちがいるのだろう。スピーカーモードに変えたようだ。

『授業の内容も理解できていましたし、この結果は当然ですわ』

『私も同感だ。伊月は日頃《ひごろ》から努力しているし、この夏期講習も最終的にはついていけるようになるんだろうと思っていたぞ。……私と違《ちが》ってな』

美麗に続き、成香も同様のことを言う。

『今までの友成君の頑張りを考えれば、妥当《だとう》な結果だと思いますよ』
雛子の落ち着いた声が耳に届いた。
「ふ、ふうん……」
ぎこちない相槌《あいづち》をする。
変な汗が止まらない。呼吸も少しずつ荒《あら》くなってきた。
「あ、その……ごめん。バイトに戻《もど》らなきゃいけないから、切るわね」
『ああ。俺たちは明日までホテルにいるし、あとで話そう』
電話越《ご》しだから、伊月は百合の異変に気づかなかった。
通話が切れる。
百合はスマホを握《にぎ》り締《し》めたまま、しばらく棒立ちしていた。
（……皆、伊月はできるって信じてたんだ）
雛子も美麗も成香も、そのような態度だった。
だというのに――。
（私だけ……伊月はできないって思ってた）
よく考えたら、伊月は天下の貴皇学院に通っているのだ。勉強ができないわけがない。
今回の試験で点数が悪かったとしても――伊月は既に自分より賢《かしこ》いだろう。

そんな伊月に、百合ができることはない。

「平野さん、大丈夫《だいじょうぶ》？　顔色悪いけど……」

先輩に心配される。

「大丈夫、です。……仕事戻りますね！」

気づいた真実から少しでも目を逸《そ》らしたくて、百合は仕事に戻った。

◆

「じゃあ、一時間後に本館で集合ということで」

ホテルの敷地内《しきちない》に戻った俺は、雛子たちに向けて言った。

「此花雛子……次こそ決着をつけますわよっ！」

「お手柔《てやわ》らかにお願いします」

雛子が柔《やわ》らかく微笑む。

天王寺さんは「むきーっ！」と悔《くや》しそうに咆《ほ》えながら、自分の部屋へ戻った。

（同じ点数なんだから、一緒に喜んでもいいんだけどな……）

苦笑いしながら俺も一人で自分の部屋へ向かう。

時刻は午後三時。緑豊かな自然に囲まれたこの軽井沢《かるいざわ》でも、流石《さすが》にこの時間帯は暑かった。こめかみから垂れ落ちる汗を、服の肩《かた》の部分で拭《ぬぐ》う。

夏期講習が終わった後、俺たちは近くの喫茶店《きっさてん》でのんびり雑談していた。

一通り話し、ついでに昼食も済ませた後、お嬢様《じょうさま》たちは試験の結果を親に報告しなくちゃいけないとのことだったので一度解散することになった。雛子も電話で華厳《かげん》さんに報告しなくてはならないようで、その間、俺は暇を貰《もら》っている。

(静音さんに褒《ほ》められたのは、嬉しかったな……)

解散する直前、静音さんに試験の結果を褒められた。日頃《ひごろ》扱かれている相手に褒められると胸にくるものがある。

「ふぅ」

鞄《かばん》を部屋に置き、一息ついたところで早々にやることがないと気づいた。先程まで出歩いていたわけだしこのまま部屋で一休みしてもいいが、明日帰ることを考えるとつい余すことなく楽しみたいと考えてしまう。

(本館の方へ行ってみるか)

まだ時間は早いが、集合時間まで辺りをうろついてみよう。

部屋の外に出て、のんびり本館へ向かった。

フロントに入ると、小さな人影《ひとかげ》が見える。

「百合」

「伊月……？」

百合がこちらを振り向いた。

「もう今日のバイトは終わったのか？」

「ええ、丁度さっきね。代わりに明日は朝から夜までみっちり働かなきゃだけど」

なら、俺と百合がこうしてゆっくり話せるのは今日までだ。

次に会えるのはいつだろうか……などと考えていると、ふと百合の顔色がおかしいことに気づいた。どこか落ち込んでいるように見える。

「伊月……勉強、頑張ってるのね」

「頑張らないとやっていけない環境《かんきょう》にいるからな」

そう答えると、百合の瞳《ひとみ》が不安に揺《ゆ》れた。

「あ、あのさ。勉強はできるみたいだけど、運動の方はどうなの？」

百合は、どこか作ったような笑《え》みを浮かべて訊《き》く。

「ほら、貴皇学院ってスポーツにも力入れてるじゃない？　色んな大会で優勝してるって噂《うわさ》だし。体育の授業とか大変なんじゃないの？」

「大変だけど、運動はわりと得意な方だからな。ポロとかスケートとか、やったことのないスポーツはまだ分からないけど、授業では今のところ困ってないぞ」

「そ、そう……」

百合は視線を下げた。

「じゃ、じゃあさ、ご飯はどうなの？　やっぱり庶民《しょみん》の味にも餓《う》えるでしょ？　正直複雑な気持ちなんじゃない？」

「まあ、それはあるな」

「それならさ！」

焦燥《しょうそう》した顔つきで、百合は俺の顔を見る。

「私、今度から伊月にご飯を作ってあげるわよ！　静音さんからは働かないかって誘われてるし、駄目だったとしても出前とかで届ければ――」

「いや、そこまでしてもらうのは申し訳ないというか……」

「でも庶民の味に餓えてるんでしょ？」

百合は両手を腰にあてた。

「気にせず頼《たよ》っていいのよ？　だって私は、伊月のお姉さんなんだから！」

お決まりの台詞《せりふ》が出た。

しかし今お決まりの台詞で返すと、本当に出前で此花家まで来てしまいそうだ。

「気持ちは嬉《うれ》しいけど、大丈夫だ」

やんわりと、諭《さと》すように言う。

「お嬢様といっても、毎食コース料理ってわけじゃないからな。最初はマナーの勉強も兼《か》ねて豪華《ごうか》な料理ばかり出されていたけど、最近は結構普通の料理も出てくるようになったんだ。オムレツとかハンバーグとかな。……B級グルメはあまり食べられないけど、出てくる料理はどれも健康にいいし、十分満足しているよ」

まあ百合の料理も食べたいけど。

出前を頼《たの》むほど困っているわけじゃないし、そこまで百合に迷惑《めいわく》はかけられない。

百合も目的を持って日々努力している人間だ。その足枷《あしかせ》にはなりたくなかった。

しかし、そんな俺の答えを聞いて、百合は酷《ひど》く焦《あせ》る。

「あ、えっと……じゃあ、じゃあ……」

百合はどこか、泣き出しそうな顔でもごもごと口を動かした。

「百合、どうした？」

「な、なんでもないわよ。そんなことより伊月、何か困ってることはないの？　私、なんでも力になるわよ……？」

「困っていることは、正直沢山《たくさん》あるが……」

「なら――っ」

百合は何故かパアッと目を輝《かがや》かせる。

そんな百合に対して、俺は続けて言った。

「でも、できるだけ自分で頑張りたいな。最近、努力して成長することが楽しいんだ」

貴皇学院の皆についていくためには知識も経験もまだまだ足りない。しかし、それを自分の努力で埋《う》めていく喜びを俺は知った。

成果が出た時の喜びは、努力の量に比例する。

だから俺は、安易に努力を放棄《ほうき》したくない。

「…………そう」

百合は顔を伏《ふ》せ、短く相槌を打った。

その様子を俺は怪訝《けげん》に思う。

「百合、本当にどうしたんだ？」

「……どうもしてないわよ」

「これでも幼馴染みだぞ。そのくらいの嘘は見抜《みぬ》ける」

いや、今の百合に限っては幼馴染みでなくても不調を見抜ける。

そのくらい弱っていた。

「伊月が私のことを分かっても……私はもう、伊月のことが分からないわよ」

訥々《とつとつ》と百合は告げる。

「伊月は、今の生活に充実《じゅうじつ》してるみたいね」

「まあ、そうだな」

「だったらさ……もう、私なんていらないんじゃない？」

一瞬《いっしゅん》、その質問の意味が理解できなかった。

「私なんていなくても、毎日楽しそうじゃん。一人でしっかりやれてるじゃん」

「いや……だとしても、それで百合がいらないことにはならないだろ」

「なるわよ」

「そんなことはな──」

「──なるわよっ‼」

百合が叫《さけ》ぶ。

「だって！　もう私、伊月の傍《そば》にいなくていいじゃん！　学校の生活は上手《うま》くいってるみたいだし⁉　色んな人に好かれてるみたいだし⁉　勉強もできるようになっちゃってさ、身だしなみとか姿勢とかもしっかり意識するようになっちゃってさ⁉　伊月はもう、私の知らない世界にいる……私じゃ何もできないところで生きてるじゃんッ!!」

まるで堰《せき》を切ったように、爆発《ばくはつ》した感情が溢《あふ》れ出《だ》していた。

それでも言葉だけでは吐《は》き出しきれないのか、百合の両目からポロポロと大粒《おおつぶ》の涙《なみだ》がこぼれ落ちる。

「今朝、試験の問題を見せてもらったけど、私はなんにも分からなかった！　あんなの解ける奴《やつ》に私は何をしてあげたらいいわけ⁉　ご飯もいらないって言うし……もう私が伊月にできることなんて一つもないわよ!!　じゃあ私なんていらないじゃん！」

そんな百合の叫びを聞いて、俺はどうしても理解できないことがあった。

だから慌《あわ》てて声を掛ける。

「ちょ、ちょっと待て。できることがないって……何を言ってるんだ？　俺は別に、百合が役に立つから今まで一緒にいたわけじゃ――」

「――嘘つきっ！」

百合は激昂《げきこう》のあまり、顔を真っ赤にして怒鳴《どな》った。

「だって！　役に立たなきゃ会ってくれなかったじゃん！」

そう言って百合は俺の前から走り去った。

その小さな背中を、俺は呆然《ぼうぜん》と見届けることしかできなかった。

◆

百合が走り去った後、俺はフロントのソファに腰を下ろし、石のように固まっていた。

三十分ほど経《た》つと、雛子と静音さんが姿を見せた。途中《とちゅう》で合流したのだろう、天王寺さんと成香の姿もある。

四人は俺の存在に気づき、近づいてくる。

「友成さん、どうかしましたの？」

明らかに俺の顔色がおかしいのか、天王寺さんが心配そうに訊いた。

「百合と……喧嘩《けんか》しました」

「え」

「喧嘩して、しまいました」

下手に取り繕《つくろ》う余力が今の俺にはなかった。

頭を抱える俺に、雛子たちは口を噤《つぐ》む。

「それは、どうして……」

「……俺にもよく分かりません」

どうしてと尋《たず》ねる天王寺さんの問いに、俺は答えられなかった。

分からない。何故《なぜ》、百合があそこまで怒《おこ》ったのか。

でも、あの涙の責任は俺にある。

百合は何を抱えていたんだろうか。……それを知らなくちゃいけない。

「……そういえば、試験前日辺りまで百合がコソコソと何かをしていたのは知っているんですけど……あれって多分、此花さんたちと会っていたんですよね？」

昔、俺は百合に勉強を教えてもらうことが多かった。そのことを成香は知っていた。だから百合と成香が俺の知らないところで話していたのは間違《まちが》いない。

雛子たちも同様ではないだろうかと思って尋ねたが、どうやら正解らしい。成香だけでなく雛子と天王寺さんも首を縦に振《ふ》った。

「あいつ、何か話していませんでしたか？　俺のこととか……自分のこととか」

今は少しでも手掛《てが》かりが欲《ほ》しかった。

よほど俺が追《お》い詰《つ》められた表情をしているのか、三人ともすぐに答えてくれる。

「私は、平野さんと伊月が幼い頃《ころ》から仲良くしていることを聞いた。二人は小学一年生の頃から知り合いで、平野さんは昔から伊月に料理を作ってあげたり、服のお下がりを渡《わた》したりしていたとか」

その通りだ。

俺は昔から百合に色々面倒《めんどう》をかけてきた。

「わたくしは、友成さんについて話しましたわ。……平野さんは、友成さんが貴皇学院で無事に過ごせているのか心配していました。わたくしが問題ないことを伝えると、平野さんは少し意外そうにしていましたね」

そりゃあそうだろう。

まさか俺が貴皇学院でなんとか無事に過ごせているだなんて、昔の俺に言ったって絶対に信じてくれない。

「私も、似たような感じですね。友成君は大丈夫だと伝えると……平野さんは、ちょっとだけ寂しそうな顔をしていました」

お嬢様モードの雛子が語る。

寂しそう……そこにヒントがあるような気がした。

百合は、俺の変化を寂しく思っているのかもしれない。久々に再会した相手が自分の予想を超《こ》える変化をしていたとしたら、その気持ちも分からなくはない。

「今の友成さんからはイメージしにくいですが、昔の友成さんは、平野さんに支えられて生きてきたのですね」

「そう、だな。俺はずっと百合に支えられて……」

天王寺さんの言葉を肯定《こうてい》しようとして、俺は気づいた。

ああ、そうか————そういうことか。

「友成さん？」

「何か分かったのか？」

頭を抱《かか》える俺に、天王寺さんと成香が訊いた。

「百合は、昔の俺を知っている……」

相談した手前、皆《みな》にも知ってもらうべきだろう。

だから俺は、辿《たど》り着《つ》いた結論を——俺と百合の関係を語ることにした。

「昔の俺は……余裕《よゆう》がなかったんだ」

◆

幼い頃から俺の家は貧乏《びんぼう》だった。

父も母も多少の仕事はしているようだったが、酒とギャンブルに稼《かせ》いだ金額以上を費《つい》やしてしまう癖《くせ》があり、だから仕方なく俺も働くしかなかった。

俺がアルバイトを始めたのは高校生になった初日。しかし働き始めたのがいつかと問われると、多分、物心つく頃からだ。

小学生の頃には、既に母親の内職を手伝っていた。

周りの同級生たちは皆、家計のことなんて全く意識していない。子供は遊ぶことが仕事だと言わんばかりに、彼《かれ》らは毎日公園で元気いっぱいに騒《さわ》いでいた。

俺はそんな同級生たちを遠目に見ながら、狭《せま》い家でティッシュを袋《ふくろ》に詰めていた。

心が荒《すさ》まないわけがなかった。

特に、精神的に未熟である子供なら。

「伊月！　遊びに行きましょ！」

百合とは小学生の頃に出会った。元々近所に住んでいたらしいが、俺がそれを知ったのは百合からその話を聞いてからだ。

百合は以前から俺のことを知っていたようだった。……当然だ。これだけ貧乏で、酒とギャンブルが好きな夫婦《ふうふ》がいれば、ご近所で噂にもなる。だから我《わ》が家《や》は隣人《りんじん》たちの間では「関わるべきではない家族」として囁《ささや》かれていたが、幼い百合は俺のことを単に噂で聞いたことのある人だという軽い認識《にんしき》で接触《せっしょく》してきた。

しかし、俺はその好意をことごとく無下に扱《あつか》った。

余裕がなかったからだ。

「ごめん、今忙《いそが》しいから」

家に帰って内職を手伝わなくちゃいけなかった。

家に帰って家事を手伝わなくちゃいけなかった。

食事を抜《ぬ》いていたから空腹で苛立《いらだ》っていた。

暢気《のんき》に遊んでいる同級生たちに嫉妬《しっと》が抑《おさ》えきれなかった。

「伊月！　今日こそ――」

「ごめん、今忙しいから」

当時の俺は心が未熟で、ストレスを他人にぶつけてしまうことがあった。

暴力や暴言まではいかなくても、何度も関わってくれる百合に対して必要以上に冷たい態度を取ってしまったことは間違いない。

何度も、何度も、俺は百合の誘いを断り続けた。

すると、それから半年が経過した頃。

百合はちょっと変わった方法で俺を誘うようになった。

「伊月！　料理の練習に付き合ってくれない⁉」

幼い頃から料理人を目指していた百合は、試食会という名目で俺《おれ》に様々な料理を食べさせることが多かった。

おかげで食費が浮《う》いた。

「伊月！　私の家にいらない服が余ってるから、貰ってくれない⁉」

衣替《ころもが》えの度に、百合は自分や両親のいらない服を譲《ゆず》ってくれるようになった。

おかげで冬を凌《しの》ぐ服が沢山手に入った。

「伊月！　勉強会しない？　最近成績悪いでしょ？」

俺の成績が落ち込んできたタイミングで、百合は勉強会を提案するようになった。百合はわざわざ要点をノートに纏《まと》めてくれて、短い時間で効率的に勉強ができた。

おかげでボロボロだった成績を改善できた。

相変わらず俺の心に余裕はなかった。百合はそんな俺の心境を見透《みす》かして、俺にとってメリットがあれば一緒《いっしょ》にいてくれると考えたのだろう。

当時の俺は何も気づかなかった。

だが、今になってようやく気づいた。

百合は俺と一緒にいるために――意図的にそういう誘い方をしていたのだ。

◆

「百合は……俺にとって、メリットがある提案をずっとしてきたんだ」

回想を締《し》め括《くく》ると、雛子たちは神妙《しんみょう》な面持ちをしていた。

「友成さんに、そんな過去が……」

「私も……そこまでとは、知らなかったぞ」

天王寺さんと成香が小さく呟《つぶや》く。

百合は昔から、俺にとって役に立つ振《ふ》る舞《ま》いを続けてきた。

そしてそれは今も続いている。

このホテルで百合と再会した時、百合は自分の泊《と》まっている部屋に俺を呼んだ。だがそれはただの呼び出しではなく、庶民の味に餓えていると思《おぼ》しき俺に、久々に料理を振る舞うためのものだった。

百合は、一見すれば横暴に見えるかもしれない。しかしその実、俺が喜ぶ提案しかしていないのだ。そして俺の役に立つか分からない提案はそもそもしていない。パジャマパーティも海へ行くのも他の誰《だれ》かの提案だ。百合ではない。

百合は、ずっと俺に気を使っていた。

それこそ十年近く前から。

今思えば――――百合がお姉さんぶるようになったのも、あの時からだ。

俺は今まで、知らないうちに百合にプレッシャーをかけていたのかもしれない。

「――捜《さが》さないと」

俺と百合の間にあった綻《ほころ》びの正体が分かった。

少し前の俺はこの綻びを知らず、走り去った百合に何も言えなかった。

けれど、今ならあの背中に投げかけられる言葉がある。

夕食なんてどうでもいい。俺は立ち上がり、外へ向かった。

「友成君」

そんな俺の背中を、雛子が呼び止めた。

足を止めて雛子に近づく。すると雛子は周りにバレないようお嬢様モードを解き、

「平野さんは……大切な人？」

とても真剣《しんけん》な顔で、そう訊いた。

「ああ、大切だ」

その質問に即答《そくとう》できるくらいには、大切に思っている。

家族を除けば一番付き合いが長い幼馴染《おさななじ》み。

幼い頃からずっと俺のことを考えてくれていた優しい子。

その少女が、傷ついたまま何処《どこ》かにいるのだとしたら——俺は絶対に助けなきゃいけない。

「行ってくる」

雛子にそう告げて、俺は百合を捜しに向かった。

◇

小学生の頃。

百合は一度だけ、体調不良を隠《かく》して学校に登校したことがある。

多分、微熱《びねつ》だった。鼻水が出て頭が痛くて、全身が妙《みょう》に重たい。最初は学校を休もうかと思ったが、クラスの担任から皆勤賞《かいきんしょう》というものを教えてもらったばかりだったので、なんとしても学校に行きたかった。

幸か不幸か、百合の元気なふりは上手かった。

家族ですら見抜くことができず、百合は学校の校門を潜《くぐ》る。

昔から腕白《わんぱく》だった百合は、大人しくしているとすぐに不調を見抜かれると思い、なんとか元気に振る舞おうとした。

教室に入ると明るく挨拶《あいさつ》する。

昼休みになると、皆と仲良くお喋《しゃべ》りしながら給食を食べる。

そして放課後になると、隣のクラスにいる伊月へ声を掛《か》けに行く。

当時の百合にとって、伊月はただの同級生だった。しかし誰よりも近所に住んでいる知り合いでもあった。幼い百合にとっては、ただそれだけのことでも特別なものを感じ、伊月とはできるだけ仲良くなりたいと思っていた。

しかし、それ以上の感情はない。百合は伊月に対して恋《こい》をしているわけでも、哀《あわ》れんでいるわけでもなかった。

伊月は付き合いが悪い。

どうせ今日も断られるだろうと思いながら、百合は伊月と顔を合わせた。

「百合、体調悪いのか？」

一瞬で見抜かれた。

家族も、友達も、先生すらも騙《だま》せたのに――――ちょっと顔を合わせるだけで、伊月は百合の体調不良を見抜いてみせた。

あまりにも見抜かれないので、自分ですら忘れかけていたのに……。

伊月はちゃんと自分を見てくれていた。その実感が胸に強く響《ひび》いた。

思えば、あれからだ。

あの時から——百合はずっと、伊月のことが好きだった。


さざ波の音が耳朶《じだ》に触《ふ》れる。

浜辺《はまべ》に腰《こし》を下ろした百合は、茜色《あかねいろ》に染まる空を眺《なが》めながら過去を思い出していた。

(……なにしてるんだろ、私)

どこでもいいから逃《に》げる先が欲しかった。その思いが無意識に、昨日皆で行った海水浴場へ自分を誘《いざな》ったらしい。

喧嘩して海まで逃げてくるなんて、我ながら妙なところで行動力があるものだと感心する。幸い帰りの電車賃はあるが、ホテルへ着く頃には外も暗くなっているだろう。明日のバイトは長時間だ。早めに帰って寝《ね》た方がいい。

そろそろ日も暮れるというこの時間帯、海水浴場には人が殆《ほとん》どいなかった。だから誰にも邪魔《じゃま》されることなく考え込むことができた。

(あんなこと、言うつもりじゃなかったのになぁ……)

言ってはならないことを言ってしまった。

役に立たなきゃ会ってくれない……かつての伊月は確かにそうだったが、今の伊月を見る限り、もう違うのだろう。今の伊月には無益な誘いにも乗る余裕がある。

いや……よく考えれば伊月はもっと前からその余裕を手に入れていた。

小学校の高学年か、或《ある》いは中学校に上がってからか、多分その辺りで伊月の心は成長したのだろう。機嫌《きげん》の悪さ、焦り、弱音といったものを表に出さなくなった。

そして、お人好《ひとよ》しになった。

誰かのために行動するなんて、余裕がないとできない。お人好しと呼ばれるようになった頃から、伊月はとっくに余裕を持っていたのだ。

それに気づいていないのは自分だけだった。

自分だけが昔の伊月に固執《こしつ》していたのだ。

――私は伊月のお姉さんなんだから！

お決まりの台詞だ。

あれは伊月や第三者に言っているようで、実際は自分に言い聞かせているだけだった。

私は伊月のお姉さんなんだから、役に立たなきゃいけない。

それはただの自縄自縛《じじょうじばく》である。

伊月を責めてはならない。

(そりゃあお嬢様たちにもバレるわよね……私の気持ち)

雛子にも、美麗にも、成香にも、伊月のことをどう思っているのか訊かれた。

好きに決まっている。そうでもなければ、ここまで真剣に伊月のことを考えない。

でもその感情は長らく封印《ふういん》しており、表に出しているつもりがなかった。

幼い頃、百合は余裕のない伊月に何度も声を掛けた。心臓はドキドキしていて、顔は勝手に赤くなっていく。初恋《はつこい》という衝動《しょうどう》に突《つ》き動《うご》かされた百合は、冷静でない状態で何度も伊月に振り向いてもらおうと努めて――その全てが失敗に終わった。

その時、百合は思った。

ああ……伊月にとって、私の恋《これ》は迷惑なんだ。

だから封印して、伊月が振り向いてくれる方法を考えた。

そういう意味でも、百合は「私は伊月のお姉さんなんだから!」と宣言していたのだ。

私は伊月のお姉さんなんだから――ただ弟をお世話しているだけで、別に伊月のことが好きってわけじゃないんだからね!

「……とんだツンデレね」

羞恥心《しゅうちしん》によって紅潮した頬《ほお》を、潮風が撫《な》でて冷やす。

こんなのはただの自己暗示だ。好意をぶつけると迷惑を掛けてしまう。それでもなんとか一緒にいたいと思った末に辿り着いた捻《ねじ》れたやり方だ。

このやり方を選んだのは、自分自身。

改めて思うが……伊月を責めるのはお門違《かどちが》いである。

「ねえ、そこの君」

ふと横合いから声を掛けられる。

振り向けば、そこには大柄《おおがら》な男が二人いた。

「今、一人？」

「そろそろ暗くなるぜ？　車で送ってやるからさ、代わりに俺らとお茶しない？」

二人とも髪《かみ》を染めていて、刺青《いれずみ》もあった。

どこか恐《おそ》ろしい雰囲気《ふんいき》を感じ、百合は立ち上がって後退《あとずさ》る。

「……いえ、結構です」

「まあそう言わずにさ。人の厚意は受け取りなよ？」

そう言って男は百合の細い腕《うで》を掴《つか》んだ。

「ちょっと、放して！」

「うお、手ぇ冷たいじゃん！」

「気が強くて可愛《かわい》いねぇ」

百合の頭に血が上る。

大事なことを考えているつもりだった。それを下らない連中に邪魔された。へらへらと笑う男たちを見て、百合の苛立ちは一気に頂点に達する。

「放せって、言ってんのッ!!」

いつまでたっても腕を掴んだままの男へ、百合はビンタをお見舞《みま》いした。

バチン！　という音が響いた後、男は真顔になる。

「……おい、あんま調子乗んなよ？」

「ひ――っ⁉」

男が拳《こぶし》を握り締める。

怯《おび》えた百合は反射的に目を閉じた。

その時――。

「――なんとか、間に合ったな」

聞き馴染《なじ》みのある声がして、百合はゆっくり目を開ける。

伊月が、男の腕を掴んでいた。

◆

百合を捜して辿り着いたのは、昨日利用した海水浴場だった。

本人は切実に悩《なや》んでいるが、百合の身長の低さは特徴的《とくちょうてき》である。背が低くて、こんな感じの服装をした女の子を見ませんでしたか？　という質問を繰《く》り返《かえ》すことで、なんとか百合を見つけることができた。

百合はここに来るまで泣いていたようだ。

だから目撃《もくげき》情報も多かった。

「なんだ、お前？」

百合はたちの悪いナンパに絡《から》まれている最中だった。

腕を掴まれた男は、苛立ちを露《あら》わにしてこちらを睨《にら》む。

「幼馴染みだ」

短く答えた俺は、男の腕を引き、素早《すばや》く投げる。

「ぐあ――ッ!?」

下は砂浜《すなはま》だ。これなら幾《いく》ら投げても怪我《けが》をすることはないだろう。

あっさり投げられた仲間を見て、もう一人の男は驚《おどろ》いた。しかし次の瞬間《しゅんかん》には仇討《あだう》ちと言わんばかりに激昂して、殴《なぐ》りかかってくる。

──遅《おそ》い。

俺が普段《ふだん》、どれだけ静音さんに鍛《きた》えられていると思っているんだ。

突き出された手首を掴み、外側に捻《ひね》りながら肘《ひじ》へ体重をかける。すると相手は重さに耐《た》えきれず、膝《ひざ》を曲げて倒《たお》れた。

「いてぇっ⁉」

受け身を取らなかったからか、顎《あご》から倒れてしまったらしい。

二人の男は顔面に砂粒《すなつぶ》をつけたまま起き上がった。しかし所詮《しょせん》はただのナンパ、これ以上やる気はないらしい。

「くそ……っ‼」

「お、覚えてろッ‼」

漫画《まんが》みたいな捨て台詞《ぜりふ》を吐いて、男たちは何処かへ走り去った。

「ふぅ……」

なんとか撃退《げきたい》できてよかった。

しかし、百合に声を掛けるなんて……あの男たちはロリコンだろうか。

「大丈夫《だいじょうぶ》か？」

背後にいる百合へ声を掛ける。

「う、うん。あ、ありがと――」

不意に声が詰まった。

喧嘩中であることを思い出したのか、百合は先程《さきほど》までのしおらしい態度を引《ひ》っ込《こ》め、またいつもの強気な雰囲気に戻《もど》る。

「な、何しに来たのよ？　べ、別に助けてなんて言ってないんだけど？」

「……素直《すなお》に礼くらい言ってもいいんだぞ」

「いいい言ってる意味が分からないわねっ⁉」

その顔が赤いのは、夕焼けを浴びているからという理由だけではないだろう。

変な汗《あせ》を掻《か》いて焦燥する百合は、やがて寂《さび》しそうな顔をする。

「……アンタ、やっぱり変わったわね。昔はこんなに逞《たくま》しくなかった」

百合は俺の頭から爪先《つまさき》までをざっと見て言った。

鍛えた身体。柄《がら》の悪い男たちと対峙《たいじ》できる胆力《たんりょく》。かつての俺にそれらはなかった。

「そうだ、俺は変わった。でも、変わったから百合を守れたんだ」

だから俺は、自分が変わったことを後悔《こうかい》していない。

そしてそれを百合にも認めてもらいたい。

「百合。ごめん、今まで気づけなくて」

俺は静かに頭を下げた。

「百合が今まで俺の役に立とうとしていたのは、昔のことが原因だよな？　俺が何度も百合の誘いを断ったから、俺のためになるやり方を考えてくれたんだろ？」

「……そうよ。でもそれは、私が勝手にしたことだし、アンタの責任じゃないわ」

「違《ちが》う、俺の責任だ」

「いいえ、私の責任よ」

「俺だ」

「私よ」

「俺――」

「私――」

お互《たが》いに頑《かたく》なだった。

しかし、ここで譲ってはならない。

いつだって百合は自信ありげで勝ち気だった。こちらが心配しても「平気よ」と笑って言ってしまうような少女だった。

そんな百合の気の強さに、これ以上甘《あま》えてはいけない。

「百合！　この際だからはっきり言うぞ！」

大きな声を出した俺に百合は鼻白む。

俺はそのままの勢いで告げた。

「俺はお前のことを、そういう目で見たことはない！」

「は、はぁぁあぁ!?　そーですか、そーですか!!　どうせ私は女らしくないもんね!!」

「違う！　そうじゃなくて！　役に立つかどうかで見たことないってことだ！」

「――っ」

百合が目を見開いた。

「な、何よ今更《いまさら》……それは嘘《うそ》よっ！　今のアンタは違うかもしれないけど、昔のアンタは私が役に立ったから一緒にいてくれたじゃない！」

「違う！　それが勘違《かんちが》いなんだ！」

半泣きになる百合へ、俺は大きな声で言った。

「昔の俺は余裕がなかった。人と遊ぶ時間もないし、嫌《いや》な感情を抑えきれず冷たい態度を取ってしまうこともあった。だから当然、友達もいなかった」

嫌《きら》われていたというよりも、俺が皆を避《さ》けていた。

いつの間にか誰も俺に声を掛けなくなっていた。その時になってようやく寂しいという気持ちが湧《わ》いた。もう何もかもが遅いというのに。

「でも、そんな俺に百合は……百合だけはずっと声を掛けてくれた。百合にとっては偶々《たまたま》近くに住んでいるからという理由でしかなかっただろうけど、それでも俺にとっては凄《すご》く嬉《うれ》しいことだったんだ」

最初は鬱陶《うっとう》しく感じていたかもしれない。

しかし百合のしつこさが、俺の隠し持っていた感情を少しずつ掘《ほ》り起《お》こしてくれた。寂しいという気持ちを……誰かと遊びたいという気持ちを、百合が見つけてくれた。

「だから、決めてたんだよ。次に声を掛けてくれた時は……今度こそ仲良くしようって」

誰にもそのことは言っていない。

ただ一人、俺の心の中だけでそう決めていた。

「それが、初めて一緒に遊んだ日……俺が百合の、料理の練習に付き合った日だ」

「あ……」

百合が小さな声を零《こぼ》す。

きっと今、ようやく彼女《かのじょ》も気づいたのだろう。

そう——全ては偶然《ぐうぜん》だったのだ。

偶然、その時の俺は「今度こそ仲良くしよう」と思っていた。

偶然、その時の百合は「伊月の役に立とう」と思っていた。

この二つが噛《か》み合《あ》ってしまったせいで、百合は勘違いしてしまったのだ。

役に立てば一緒にいられるという、誤った考えに至ってしまった――。

「俺は、百合が役に立つから一緒にいたわけじゃない。何度も俺に声を掛けてくれて、何度も俺のことを見てくれた……それが嬉しかったから一緒にいたんだ」

「……そう、だったのね」

勘違いを自覚した百合は、目尻《めじり》に涙を溜《た》めていた。

そんな百合へ、俺はまだ伝えたいことがあった。

「ついでに言うと、今の俺があるのは全部百合のおかげだよ」

顔を伏《ふ》せていた百合が黙《だま》ってこちらを見る。

「百合と仲良くなってから気づいたんだ。劣等感《れっとうかん》で人を突《つ》き放《はな》すよりも、人と関わって過ごした方が心地《ここち》いいって。……いつからか、俺は色んな人にお人好しって言われるようになったけど、それは百合のおかげだ。百合が俺に、人と関わる温かさを教えてくれた」

もし俺が百合と出会っていなければ、きっと今も俺は家庭環境《かんきょう》による劣等感に苛《さいな》まれていただろう。人間関係も希薄《きはく》なままだったに違いない。

雛子が落とした学生証も、絶対に拾わなかったはずだ。貴皇学院の生徒たちを何一つ不自由のない人間だと決めつけて、落とした学生証には見向きもしなかっただろう。

だからあの日——俺と雛子が出会えたのは、百合のおかげである。

最悪な家庭環境で育った俺が、それでも自棄《やけ》にならず健全に過ごせたのは、百合と出会えたからだった。

（ごめん、ではないか……）

俺は百合が十年も抱え続けていた勘違いに気づくことができず、謝罪しようとした。

しかし、謝罪よりも伝えるべき言葉があるはずだ。

「百合……ありがとう、今まで支えてくれて。俺が貴皇学院でも無事に過ごせているのは百合のおかげだ」

十年分の感謝を込めて百合に伝える。

百合はポロポロと涙を砂浜に落とした。

「百合、提案がある。今までの十年間をやり直さないか？」

「やり直すって……どうやってよ？」

「もう十年間、仲良くしてくれ。今度こそ、対等に」

これからも傍《そば》にいてほしい——その言葉は暗に伝えることにした。

百合のおかげで俺は雛子と出会い、貴皇学院の生徒になった。その貴皇学院で俺が無事に過ごせたのは、雛子や天王寺さん、成香が俺のことを対等に見てくれたからだ。彼女たちの期待と信頼《しんらい》に応えたいという気持ちで、俺は頑張《がんば》ることができた。

俺は、百合ともそんな関係でありたいと思う。

百合のおかげで俺は雛子たちと出会えた。雛子たちのおかげで俺は人と対等に関わることの大切さを学んだ。

その学びを百合へ返したい。

俺にとって平野百合という人物は、最初の恩人なのだ。

「…………十年じゃ、満足しない」

百合は目尻に浮かんだ涙《なみだ》を手の甲《こう》で拭《ぬぐ》い、笑った。

「アンタが嫌って言うまで、一生一緒にいてやるわよ」

◇

伊月と二人で駅へ向かう。

その途中、百合はほんの少しだけ歩くペースを落とし、伊月の背中を見つめた。

一年前……伊月が女子生徒の告白を断った時のことを思い出す。

伊月はとっくに忘れているのだろうが、実はあの時、こんな会話があった。

――ねえ。どうして告白を断ったのよ？

――俺の家庭環境は知ってるだろ？　巻き込みたくなかったんだよ。

どこまでも相手のことを考える男だった。

伊月はただでさえ貧乏な生活を送っている。その上で交際費を捻出《ねんしゅつ》するなんて、できるわけがない。相手に恥《はじ》を掻かせたくなかったのだ。

――じゃあさ、もし告白してきた子が伊月を養ってあげるって言ったらどうする？

百合は素朴《そぼく》な疑問をぶつける。

伊月は、ふっと笑って答えた。

――そんなこと言われたら、断る理由がなくなるな。

きっと、伊月にとってはただの冗談《じょうだん》だったのだろう。

しかし百合はその言葉を真に受けていた。

いつの間にかそれは、料理の腕を磨《みが》く理由の一つになっていた。

（あーあ……養ってあげてもよかったのに）

いっちょまえに成長しちゃって……。

できるだけ自分で頑張りたい。そう告げた伊月は、恐らくただ養われるだけの身分には

甘んじないだろう。

伊月の背中は以前よりも大きく見えた。

その背中は見ていて寂しいが、誇《ほこ》らしくも感じた。

エピローグ

百合《ゆり》と仲直りした翌日の朝。

一足先にホテルを発《た》つ俺と雛子《ひなこ》は、皆に軽く挨拶をしていた。

「では、お先に失礼します」

ホテルのフロントで頭を下げる。

担《かつ》いでいた鞄《かばん》がずり落ちそうになった。鞄の中には夏期講習で使った教材や海で使った水着などが入っている。この重たさが、この一週間の充実度《じゅうじつど》を示している気がした。

「おかげさまで有意義な一週間を過ごせましたわ」

「パジャマパーティも海も楽しかった。またこういうことをしたいな！」

天王寺《てんのうじ》さんも成香《なりか》も、楽しい思い出を作れたようだ。

気持ちを共有できてつい嬉しくなる。

「ところで此花《このはな》さんはどちらへ行きましたの？」

「荷物を忘れたとかで、一度部屋まで戻ったみたいです」

もっとも、俺は雛子が戻ってくるよりも早くこのホテルを発つかもしれないが……。

このホテルにはまだ俺たち以外の貴皇学院《きおうがくいん》の生徒が宿泊《しゅくはく》している。そのため、行きと同じように別々の車で帰路に就《つ》く手筈《てはず》だ。

しばらくここで待っていれば車が到着《とうちゃく》するらしい。車が来たら、雛子が戻ってくるのを待たずに先に出てほしいと静音《しずね》さんから言われていた。どうせ俺と雛子は同じ車に乗れないし、いずれ此花家の屋敷《やしき》で合流するのだ。納得《なっとく》の指示である。

「伊月《いつき》。辛《つら》いことがあったらいつでも私に相談しなさいよ？」

バイトを途中《とちゅう》で抜けてきたらしい百合が、腰に手をあてて言った。

「百合、念のため言っておくが……」

「分かってるわよ。私はもう伊月の役に立とうなんて思ってない。……それでもお節介《せっかい》くらいは焼かせてよ」

百合は不敵な笑《え》みを浮かべて口を開く。

「だって私は——伊月のお姉さんだからね‼」

得意げな百合の顔を見て、俺は安堵《あんど》と共に答えた。

「……同い年だろ」

今の百合は、俺の役に立とうとは思っていない。

つまり、ただ単にお姉さんぶりたいだけだ。

それなら許すことにしよう。……若干《じゃっかん》、複雑ではあるが。

ふと外を見ると、いつの間にか黒塗《くろぬ》りの車が停車していた。下ろされた窓の奥《おく》に見える運転手と目が合うと、軽く会釈《えしゃく》される。此花家が用意してくれた車のようだ。

最後にもう一度だけ皆《みな》に会釈して、俺は車に乗る。

「そう……お節介くらいは、させてもらうわよ」

窓が閉じる直前、百合がそんなことを呟いたような気がした。

◇

部屋まで荷物を取りに帰った雛子は、静音と二人、ホテルの敷地《しきち》を歩いていた。

忘れていた荷物は夏期講習の教材だった。もう使わない気もするが、あれもこの一週間の思い出を形成する一部だと感じ、置き去りにするのは憚《はばか》られた。

木陰《こかげ》の多い小径《こみち》を通り、日差しを避けながら歩く。

その途中、雛子はふと足を止めた。

「お嬢様《じょうさま》？」

静音が首を傾《かし》げる。

「静音……ちょっとだけ、一人になっていい？」

「一人に、ですか？」

普段は頼《たの》まないことを頼んだからか、静音がやや驚いた様相を見せる。

「ん。少し、考え事」

「……分かりました。離れています」

静音は恭《うやうや》しく頷《うなず》いて、雛子から距離《きょり》を取った。

離れてはいるがこちらを見ている。流石《さすが》に監視《かんし》を外すつもりはないらしい。それでもできるだけ視線を逸《そ》らそうとしているあたり、私の存在は気にしないでいいという静音なりの優《やさ》しさを感じた。

近くにあるベンチに腰を下ろす。ふぅ、と勝手に吐息《といき》が零れた。

夏期講習ではいい思い出を作れたはずだった。パジャマパーティに海など、学院では経験できない非日常をそれなりに楽しめたはずだった。

しかし、雛子の心は日に日に重たくなっていた。

（パジャマパーティの時……）

百合が語っていたことを思い出す。

お人好しな伊月は他人を優先するあまり、自分のことを疎《おろそ》かにしがちだ。それ故知らず知らずのうちに負担を抱《かか》えていることが多いと百合は言っていた。

（夜の海で話した時……）

線香《せんこう》花火を満喫《まんきつ》した後、伊月に訊《き》いたことを思い出す。

昔の友達と会いたい？　と尋《たず》ねると、伊月は肯定《こうてい》した。

（伊月が、平野《ひらの》さんを追いかけた時……）

平野さんのことが大切かと問うと、伊月は「大切だ」と即答した。

あの時の伊月の真剣な面持《おもも》ちが忘れられない。

「此花さん、どうしたの？」

いつの間にか誰かに近づかれていた。

振《ふ》り返《かえ》ると、そこには小柄《こがら》な少女が佇《たたず》んでいる。

「平野さん……いえ、なんでもありませんよ」

「本当に？　ちょっと落ち込んでいるように見えたけど」

的確な指摘《してき》だった。

完璧《かんぺき》なお嬢様の仮面に、微《かす》かな亀裂《きれつ》が走る。

その亀裂から本音が滲《にじ》み出た。

「……友成君《ともなり》は、貴女《あなた》と会えて嬉しそうでしたね」

「まあ、久々に会えたしね」

「やはり、旧友との再会は喜ばしいものですか？」

「そんな仰々《ぎようぎよう》しく考えてはないけど、普通《ふつう》はそうなんじゃない？」

普通は――その言葉が雛子の心を蝕《むしば》む。

伊月から、長らくその普通を奪《うば》っていたのは誰《だれ》だ？

伊月は自分のことを疎かにしてしまうくらい毎日必死に生きている。その必死な環境を背負わせてしまったのは誰だ？

伊月から旧友を遠ざけてしまったのは誰だ？

伊月と平野さんを離ればなれにしてしまったのは誰だ？

「もしかすると、私がしていることは……」

胸が痛い。

今ここに百合がいなければ、涙が零れ出ていただろう。

顔から血の気が引いていることを実感した。盤石《ばんじやく》だった足元が途端《とたん》に崩《くず》れ落《お》ち、何もない暗闇《くらやみ》に引きずり込まれてしまいそうな悲しみを感じる。

どうしてこんな気持ちになるのか、全く分からなかった。

この感情の正体が、雛子には理解できなかった。

「――私さ、ちょっとだけ勘違いしてたの」

顔面蒼白《そうはく》となる雛子を見て、百合は唐突《とうとつ》に語り出す。

「貴皇学院の人って、もっとお高くとまっているんだと思ってた。でも、此花さんや天王寺さん、都島《みやこじま》さんと話してそれが誤解だと分かった。だって皆、凄く真面目で、一生懸命《いっしょうけんめい》生きていて、そして……私たちと同じように、普通の恋をしているんだもん」

百合は優しく微笑《ほほえ》みながら続ける。

「それでも、此花さんみたいな身分だと普通に恋愛《れんあい》するのは難しいみたいね。政略結婚《けっこん》とまではいかなくても、完全な自由恋愛は難しい……天王寺さんがそう言ってたわ」

空を仰《あお》ぎ見《み》ていた百合は、ベンチに腰掛《こしか》ける雛子を見据《みす》える。

「だから私、応援《おうえん》したくなっちゃった。譲《ゆず》る気はないけど、これじゃあ不公平だもの」

何が譲る気はないのか。

何が不公平なのか。

雛子には何も分からない。

何も――――。

「此花さん。貴女がなんでそんなふうに悩んでしまうのか、教えてあげるわ」

無知で、無自覚な雛子に――百合は告げる。

「此花さんは、伊月のことが好きなのよ」

あとがき

坂石遊作です。

本書を手に取っていただきありがとうございます。

才女のお世話四巻はいかがだったでしょうか。

一巻の頃から名前だけ出てきた百合ちゃんが、遂に登場しました。

百合ちゃんの可愛さ、無事に伝わっているとありがたいです。

今回の舞台は貴皇学院ではなく軽井沢。夏期講習という名目ではありますが、実質、夏休み回のようなものです。そのため海やパジャマパーティなど、今までの学園ものとはちょっと違うイベントを入れることができました。

雛子たちのパジャマパーティを書いている最中に、ふと思いました。

男子だけのノリとは全然違うなぁ……。

いやまあ僕は女子たちのパジャマパーティに参加した経験なんてないので、実際のところは分かりませんが、多分お泊まり会的なものって男女でだいぶ違うと思います。

僕の経験だと高校男子のお泊まり会といえば、日中はどこかに遊びに行く場合が殆どですが、夕食後は日の出まで無限にゲームしているか適当な映画を観るかの二択です。だらだらお喋りみたいなのは、ひょっとしたらしていたかもしれませんが、あまり記憶に残っていません。ただ恋バナはなかったと思います。高校生だから一人暮らしはしていませんし、親がすぐ傍にいるような状態で寝泊まりしていますからね。今思えば気まずかったんだと思います。

翌朝、解散する時は皆死にそうな顔で帰路につきます。

大人になった今、そういう体力を使い尽くす遊びは少なくなったような気がします。今も偶に友人の家でだらだら遊ぶことはありますが、宿泊はしなくなりました。

休日を迎えても、数日経てば会社に行かなくちゃいけませんから。後先考えて、しっかりセーブすることを覚えたのです。

まあ僕は個人事業なので、今でも後先考えずに遊べるんですけどね！！！！


嘘です。

僕もスケジュールをしっかり確認した上で遊んでいます。

というか最近は何故かサラリーマンの友人たちの方が余裕のありそうな素振りを見せます。たとえば僕はここ数日、基本プレイ無料の某ＦＰＳにハマっていますが、友人に「平日でも休日でも好きな時に誘っていいよ」と言われました。

平日も、誘っていいだと……？

僕がサラリーマンだった頃、平日の帰宅後と日曜日は絶対一人で過ごしていました。そうしないとメンタルが回復しなかったからです。

最初は友人たちもそんな感じだったと思いますが、コロナ禍でテレワークが普及した影響なのか、ここ最近は皆余裕を持っているような気がします。

まあ、かくいう僕も多忙ではありますが精神的な余裕は手に入れつつあります。貯金とかそういうのは関係なく、単に今の仕事に慣れてきた感じです。

多分、皆もそうなんだと思います。

大人になった今、昔みたいに遊べなくなったな～……と思うこともありましたが、皆が仕事に慣れ始めたことで、また昔みたいに遊べるようになったのかもしれません。

伊月や雛子たちも、歳をとることで色んな価値観が変わっていくかもしれませんね（綺麗な締め括り）。

【謝辞】

本作の執筆を進めるにあたり、編集部や校閲など、ご関係者の皆様には大変お世話になりました。担当様、平野百合という作中でもイレギュラーなキャラを、どこまで掘り下げるべきか一緒に考えていただきありがとうございます。みわべさくら先生、口絵の水着イラストめちゃくちゃ可愛いです！　今回も本当にありがとうございます。

最後に、この本を取っていただいた読者の皆様へ、最大級の感謝を。

HJ文庫 https://firecross.jp/
1028

才女のお世話 4

高嶺の花だらけな名門校で、学院一のお嬢様（生活能力皆無）を陰ながらお世話することになりました

2022年9月1日　初版発行

著者――坂石遊作

発行者―松下大介
発行所―株式会社ホビージャパン

〒151-0053
東京都渋谷区代々木2-15-8
電話　03(5304)7604（編集）
　　　03(5304)9112（営業）

印刷所――大日本印刷株式会社

装丁――coil／株式会社エストール

Printed in Japan

ISBN978-4-7986-2916-2　C0193